Jan Andersen

Dusty – Spurlos verschwunden

Jan Andersen

Dusty

spurlos verschwunden

Vignetten von

Cathy Ionescu

cbj

Für Lotta, Abby, Spot, Carlos und Akira

Er zerrt ungeduldig an der Leine. Aber das hilft natürlich nichts. Und er will nicht bellen, weil Paul sonst mit ihm schimpft. Obwohl Paul wissen müsste, dass er es gar nicht mag, vor dem Supermarkt angebunden zu werden.

Er mag überhaupt nicht, irgendwo angebunden und allein gelassen zu werden. Und warten zu müssen, bis Paul wiederkommt. Weil er ja am liebsten mit Paul mitlaufen würde. Überallhin! Auch in den Keller. Oder aufs Klo und in die Schule und ins Schwimmbad.

In den Keller und aufs Klo schafft er auch meistens. Er drückt sich einfach so schnell neben Paul durch die Tür, dass Paul es erst merkt, wenn er fast über ihn stolpert. Aber Schule und Schwimmbad hat noch nie geklappt. Obwohl er es versucht hat! Und er glaubt sogar, dass Paul gar nichts dagegen hätte, wenn er mitkommen würde. Nur dass da immer noch andere Leute sind – und die haben was dagegen! Lehrer, zum Beispiel. Oder schimpfende Hausmeister. Und schimpfende Bademeister und kreischende Männer und Frauen in komischen Höschen, die Angst vor einem Hund haben, der ihnen ent-

gegengepaddelt kommt. Als ob ein Hund so was wie ein Krokodil wäre!

Im Supermarkt ist es leider genauso. Da haben sie auch Angst vor Krokodilen. Was nicht nur albern, sondern auch ärgerlich ist. Wenn er sich nämlich nicht sehr täuscht, muss es im Supermarkt ziemlich gut sein. Jedes Mal wenn Paul wieder rauskommt, riecht er nach tausend Sachen, die neu und aufregend sind. Und auch wenn andere Leute rauskommen und an ihm vorbeilaufen, kann er alles Mögliche riechen, was er zu gerne genauer untersuchen würde.

Aber stattdessen wird er an einem blöden Haken festgebunden. Und heute ist es ganz besonders schlimm. Er muss die ganze Zeit niesen, weil ein paar Meter vor ihm ein Auto mit laufendem Motor steht. Das Auto stinkt so sehr, dass er noch nicht mal irgendwas von den guten Sachen aus dem Supermarkt riechen kann.

Sogar den anderen Hund riecht er erst, als der schon mit gesträubtem Nackenfell hinter ihm steht und böse knurrt. Es ist einer von diesen großen Hunden mit den spitzen Ohren, die glauben, dass sie stärker als die anderen sind. Das Blöde ist nur, dass sie leider recht haben. Sie sind wirklich stärker! Nicht besonders schlau, aber echt stark. Und schnell!

Weshalb er auch meistens versucht, keinen Streit mit ihnen zu kriegen. Sondern einfach weiterzulaufen und so zu tun, als wären sie gar nicht da. Aber das geht natürlich nicht, wenn man angebunden ist!

Zum Glück wird der Hund mit den spitzen Ohren jetzt auch angebunden. Aber er muss trotzdem aufpassen, der andere knurrt nämlich immer noch. Und zerrt wie wild an der Leine und versucht, nach ihm zu schnappen.

Eigentlich hat er keine Lust auf blöde Spiele. Er hofft, dass Paul endlich mal zurückkommt und ihn losbindet, damit sie nach Hause laufen können. Dann kann er auch an dem Stoffbeutel riechen, den Paul bestimmt aus dem Supermarkt mitbringt. Und in dem garantiert auch irgendwas für ihn drin ist, was er dann zu Hause bekommt. Vielleicht ein getrocknetes Schweineohr! Oder wenigstens ein paar Kaustangen.

Aber egal, wie lange er auf den Eingang starrt, Paul taucht immer noch nicht auf. Dafür fängt der andere Hund jetzt wirklich an, ihm mit seinem Geknurre auf die Nerven zu gehen. Deshalb knurrt er kurz zurück und zeigt dem anderen die Zähne. Was den aber nur noch wütender macht!

Jetzt wirft der Idiot sich mit aller Kraft gegen die Leine, so dass ihn sein Halsband fast erwürgt und er kaum noch genug Luft bekommt. Aber statt endlich aufzuhören und sich hinzulegen, zerrt und bellt er immer weiter.

Er blickt wieder zur Eingangstür. Paul ist nicht zu sehen. Und bevor er sich jetzt weiter das nervtötende Gekläffe anhört, kann er dem Blödmann eigentlich auch mal einen kleinen Schrecken einjagen …

Er stellt sich vor die silberne Wasserschüssel, die da an der Wand vom Supermarkt steht. In dem bisschen Wasser, das noch in der Schüssel ist, schwimmt jede Menge Dreck. Haare und Fliegen und sogar eine Zigarettenkippe!

Aber er will ja auch gar nicht trinken. Er tut nur so. Und dabei schiebt er die Schüssel mit den Vorderpfoten immer weiter nach hinten, bis er direkt darübersteht. Und noch ein Stück weiter, bis er die Hinterpfoten gegen den Rand drücken kann. Dann spannt er alle Muskeln an und schleudert die Schüssel nach hinten, direkt auf den bellenden Blödmann zu.

Die Schüssel knallt scheppernd vor dem Blödmann auf den Boden und hüpft noch mal hoch und scheppert wieder. Und der Blödmann vergisst vor Schreck zu bellen und springt zurück. Nur dass genau hinter ihm ein hoher Stapel mit leeren Bierkästen steht.

Und als der Blödmann mit voller Wucht gegen die Kästen rummst, fängt der ganze Stapel an zu wackeln und neigt sich immer weiter zur Seite und fällt um.

Der Blödmann kann sich gerade noch in Sicherheit bringen, bevor die Kästen auf den Boden krachen und ihre Bierflaschen ausspucken. Und der Lärm ist so groß, dass von allen Seiten Leute angerannt kommen, um zu gucken, was los ist.

Natürlich ist klar, dass nur der Blödmann den Stapel umgeworfen haben kann. Er steht ja mittendrin in dem Durcheinander. Und hat den Schwanz zwischen die Beine geklemmt und kapiert überhaupt nichts mehr.

Vom Eingang her kommt ein Typ, der zum Supermarkt gehört. Und hinter ihm der Boss von dem bellenden Blödmann mit den spitzen Ohren. Der Blödmann kriegt jetzt richtig Ärger mit seinem Boss. Und sein Boss kriegt Ärger mit dem Typen vom Supermarkt. Bis der Blödmann losgebunden wird und mit seinem Boss in irgendein Auto steigt.

Der Typ vom Supermarkt schimpft vor sich hin und fängt an, die leeren Flaschen zurück in die Kästen zu stellen. Die meisten Zuschauer sind auch schon wieder weg. Nur ein Mann steht noch da.

»Bravo!«, ruft der Mann und klatscht in die

Hände. »Sehr gut! Da hast du es dem bellenden Spinner aber ordentlich gezeigt.«

Er braucht einen Moment, bis er kapiert, dass der Mann ihn meint. Seine Stimme klingt ganz freundlich, als er näher kommt und die Hand ausstreckt, um ihn zu streicheln. Er wedelt mit dem Schwanz. Der Mann lässt ihn an seiner Hand schnuppern. Die Hand riecht nach Käse. Jetzt taucht auch noch eine Frau auf.

»Der arme Hund«, sagt sie. »Ist hier draußen angebunden und muss warten. Guck mal, wie traurig er guckt! Er erinnert mich an …«

»Sag es nicht«, sagt der Mann. Und streichelt ihn wieder. »Guter Hund.«

Er dreht den Kopf, um noch mal über die Käsefinger lecken zu können.

Aus den Augenwinkeln sieht er, wie der Typ vom Supermarkt den letzten Kasten wieder auf den Stapel stellt und weggeht. Paul kann er immer noch nirgends entdecken.

Der Mann geht jetzt zu dem Haken an der Wand und macht die Leine los.

»Was tust du?«, fragt die Frau.

»Führ ihn ein bisschen spazieren.« Der Mann bückt sich zu ihm. »Komm, wir laufen zum Auto, da hab ich was für dich.«

Das hat er verstanden! Er wedelt mit dem Schwanz und läuft neben dem Mann her.

Die Frau folgt ihnen. Sie hält den Mann am Arm fest. »Du hast doch nicht etwa vor ...«

»Unsinn«, unterbricht der Mann sie. »Ich geb ihm nur ein bisschen Käse.«

Er schließt ein Auto auf. So ein Auto, wie es auch Pauls Eltern haben. Mit einer Klappe hinten. Aus dem Innenraum duftet es nach Käse.

»Such den Käse«, sagt der Mann. »Braver Hund!«

Im Kofferraum steht eine Einkaufstasche. Und es ist klar, dass der Käse in der Tasche sein muss. Aber dazu müsste er ins Auto springen!

»Ist okay«, sagt der Mann. »Hopp, spring rein!«

»Und wenn jemand kommt und uns sieht?«, fragt die Frau. Er kann hören, dass sie nervös ist, ihre Stimme zittert ein bisschen.

Der Mann antwortet nicht. Sondern beugt sich über seinen Kopf hinweg und greift in die Tasche. Das Stück Käse, das er ihm hinhält, sieht gut aus. Aber egal, wie weit er den Kopf vorstreckt, er kommt nicht an die Hand.

»Hopp!«, sagt der Mann wieder. »Spring!«

Er drückt sich mit den Hinterpfoten ab und springt hoch.

»Gut gemacht«, lobt ihn der Mann.

Vorsichtig nimmt er den Käse nur mit den Lippen, dann dreht er sich um und will wieder nach draußen springen.

»Stopp!«, ruft der Mann. »Platz und bleib!«

»Nein!«, ruft seine Frau. »Hör auf, mach das nicht!«

Er sieht, wie der Mann den Arm hebt und nach der Klappe greift, um sie zuzuknallen.

1. Kapitel

»Super, dass wir gequatscht haben«, sagt Paul gerade. »Aber jetzt muss ich echt los! Sie warten zu Hause garantiert schon auf mich. Und ich habe Dusty draußen angebunden, der ist bestimmt voll genervt. Ich weiß ja, dass er nicht gerne wartet, aber ich dachte, es geht ganz schnell. Ich konnte ja echt nicht ahnen, dass ich dich hier treffe.«

Paul steht an der Tiefkühltruhe. Und seine Finger werden langsam taub, weil er die Packung Fischstäbchen schon die ganze Zeit in der Hand hält. Eine Großpackung mit zwanzig Fischstäbchen aus Norwegen. Bio-Fischstäbchen! Seine Mutter hat ihn extra noch mal daran erinnert, dass er auf das Symbol vorne auf der Packung achten soll. »Blau mit einem Fisch drauf.«

Paul hat eine ganze Weile in der Tiefkühltruhe suchen müssen, bis er die richtigen Fischstäbchen entdeckt hat. Und dann wollte er mit der Packung gerade zur Kasse spurten, als plötzlich Alex vor ihm stand.

Was tatsächlich komisch war, weil Alex sonst NIE in diesem Supermarkt einkauft. Schließlich wohnt sie ja ganz woanders. Und Paul hat auch gleich das Gefühl gehabt, dass sie nicht zufällig da war!

Alex ist Pauls beste Freundin. Sie sind in derselben Klasse und sie haben zusammen schon so viel erlebt, dass sie glatt ein ganzes Buch draus machen könnten. Oder sogar gleich mehrere!

Zu Alex gehört Bella. Bella ist eine schwarze Hündin, die vor ein paar Monaten erst einen kleinen Welpen bekommen hat. Einen Jungen mit einem weißen Strich auf der Nase, der Paulchen heißt. Der Hund natürlich, nicht der Strich. Und wahrscheinlich ist Dusty der Vater von dem Kleinen. Es ist nicht ganz sicher, aber sonst kommt eigentlich kein anderer Hund infrage. Außerdem hat Dusty fast den gleichen Strich auf der Schnauze, nur ein bisschen breiter.

Na ja, und weil Dusty vielleicht der Vater ist, ist Paulchen jetzt bei Pauls Familie gelandet. Außerdem wollte Pauls kleine Schwester Karlotta unbedingt einen Welpen haben!

Natürlich ist Alex deshalb auch ein bisschen traurig, klar. Aber es ging gar nicht anders, weil in der Wohnung von Alex und ihrer Mutter eigentlich überhaupt keine Hunde sein dürfen. Bella ist die große Ausnahme, aber noch ein weiterer Hund wäre unmöglich gewesen.

Jetzt kommt Alex, so oft sie kann, mit Bella zu Paul und Karlotta. Und dann lassen sie die Hunde zusammen im Garten spielen. Dusty und Bella und Paulchen. Wobei Dusty meistens nach einer halben Stunde keine Lust mehr hat, weil ihm das Rumgetobe mit dem Welpen zu viel wird. Dann legt er sich lieber zu Paul, Alex und Karlotta auf die Wiese. Mit dem Kopf auf den Vorderpfoten und gespitzten Ohren, damit er jederzeit aufspringen kann, wenn irgendwas passiert.

Das Problem ist allerdings, dass es heute gar nicht gut wäre, wenn Alex mit Bella zu Besuch käme. Weil sich nämlich noch ein anderer Besuch angesagt hat. Anna! Anna ist ihren Eltern auf der Durchreise, das heißt, sie kommen nur kurz vorbei, für eine Stunde vielleicht, am Nachmittag. Dann müssen sie weiterfahren, weil sie heute noch irgendwo anders hinwollen. Wohin genau, hat Paul schon wieder vergessen.

Aber es ist auch völlig egal. Wichtig ist nur, dass sie kommen. Anna und ihre Eltern. Sie waren vorher noch nie da. Wobei man das so eigentlich auch nicht sagen kann, weil sie ja immerhin mal in dem

Haus gewohnt haben, in dem jetzt Pauls Familie lebt. In der alten Villa mit den knarrenden Holzbalken und dem undichten Dach, oben am Waldrand. Die Villa, in der natürlich auch Dusty früher gewohnt hat! Weil er ja mal zu Annas Familie gehörte, bevor dann das furchtbare Unglück passiert ist. Am alten Schwimmbad in dem dunklen Waldsee. Das Unglück, wegen dem Annas Familie sogar in eine andere Stadt gezogen ist. Und weshalb Dusty schließlich bei Pauls Leuten gelandet ist …

Es kommt Paul manchmal so vor, als wäre Dusty schon ewig bei ihnen. Aber klar ist natürlich auch, dass Anna ihren alten Hund gerne mal wiedersehen möchte.

Als Paul dann Alex von dem Besuch erzählt hat, ist etwas Komisches passiert: Alex ist richtig sauer geworden. Okay, das wird sie öfter mal, aber diesmal war es anders. Paul hat einen Moment gebraucht, bis er kapiert hatte, worum es eigentlich ging – Alex war eifersüchtig! Als ob es schlimm wäre, dass Anna einfach nur mal kurz vorbeikommen wollte. Wahrscheinlich sogar noch nicht mal, um Paul zu sehen, sondern wegen Dusty. Aber selbst wenn es umgekehrt gewesen wäre, war das noch lange kein Grund, um zu sagen: »Ich weiß gar nicht, was die blöde Doofkuh hier will.«

Paul weiß schon, dass damals auch ein paar Sachen mit Dusty passiert sind, die ziemlich fies waren. Und Alex kennt die Geschichten natürlich auch! Genauso wie sie Anna kennt. Aber spätestens beim nächsten Satz war klar, was sie eigentlich meinte: »Die hässliche Misthaufen-Krähe soll bloß nicht glauben, sie könnte einfach herkommen und jetzt plötzlich deine Freundin oder so was sein. Das läuft nicht. Da habe ich auch noch ein Wort mitzureden.«

Paul hat keine Ahnung gehabt, was sich Alex so vorstellt, wenn sie »ein Wort mitreden« will, aber er wollte es auch lieber gar nicht wissen. Und deshalb gab es nur eine einzige Möglichkeit: Er musste Alex und Bella für heute ausladen!

Hat er auch gemacht, gleich heute Morgen in der Schule, noch vor Mathe.

»Wir müssen reden, Alex«, hat er gesagt. »Heute ist der Tag, du weißt schon. Heute Nachmittag. Und irgendwie glaube ich, dass es für Dusty zu viel wird, wenn du und Bella dann auch noch kommen. Ich meine, Dusty ist jetzt bald schon sieben, und das ist eigentlich sieben mal sieben, also … äh, fast so viel wie mein Vater, das ist echt alt. Da verkraftet er so viel Besuch nicht mehr so gut, weißt du?«

Mit dem Ergebnis, dass Alex geantwortet hat: »Schon kapiert. Ich bleibe zu Hause. Wäre ich sowieso! Oder glaubst du etwa, ich wäre scharf darauf, die doofe Stinkbombe zu treffen?«

»Na damit ist ja alles klar«, hat Paul gemeint. Und im Stillen gedacht, dass das ja leichter ging, als er erwartet hatte. Und dass er noch mal Glück gehabt hat!

Dass er sich zu früh gefreut hatte, hat er erst gemerkt, als Alex ihm dann in Englisch mit Absicht eine falsche Antwort vorgesagt hat. »I would like to become a scrambled egg for dinner.« Statt »to get a scrambled egg«. Ich würde gerne ein Rührei werden, sehr witzig!

Als er sich in der Pause beschwert hat, hat sie nur gemeint: »Frag doch deine neue Freundin, vielleicht weiß die es ja besser.«

Und dann hat ihn seine Mutter nach der Schule noch mal losgeschickt, um Fischstäbchen zu holen, weil Karlotta behauptet hat, dass Anna vielleicht keinen Kuchen mögen würde. Und dass es dann gut wäre, wenn zufällig ein paar Fischstäbchen in der Pfanne liegen.

Paul hat das Fahrrad genommen. Und Dusty ist hinter ihm hergerannt. Wie immer, wenn sie irgendwohin fahren. Und eigentlich wäre Paul auch in drei Minuten wieder aus dem Supermarkt rausgewesen. Tiefkühltruhe, Fischstäbchen, Kasse, fertig. Aber dann stand Alex da! Und hat sich entschuldigt, dass sie in der Schule so blöd zu ihm war. Und ihm sogar noch extra Quatsch vorgesagt hat. Da konnte Paul gar nichts anderes machen, als ein bisschen mit ihr zu reden.

Es war ja völlig klar, dass sie nur wegen ihm in dem Supermarkt war, in dem sie sonst nie einkaufte. Alex hat es sogar zugegeben, als er sie gefragt hat.

»Ich bin nur wegen dir hier«, hat sie gesagt. »Ich habe bei euch zu Hause angerufen. Und deine Mutter hat gesagt, dass du gerade losgefahren bist, um noch schnell was zu holen.«

Alex ist echt klasse, denkt Paul, während sie jetzt zusammen zur Kasse gehen. Und es tut ihm fast schon wieder leid, dass er sie für heute Nachmittag ausgeladen hat. Schließlich ist sie seine Freundin und nicht Anna!

Er muss ein bisschen kichern, als ihm wieder einfällt, wie Alex Anna genannt hat: »Hässliche Misthaufen-Krähe« gefällt ihm fast noch besser als »doofe Stinkbombe«. Aber jetzt hat Alex sich ja entschuldigt und alles ist wieder gut zwischen ihnen.

Kurz vor der Kasse steht das Regal mit den Schokoriegeln.

»Welchen willst du?«, fragt Paul. »Ich geb dir einen aus.«

Alex nimmt einen Riegel mit Kokos-Füllung.

»Habe ich gewusst«, sagt Paul und grinst. »Ich habe dich noch nie eine andere Sorte essen sehen.«

»Ist irgendwie cool, oder?«, fragt Alex.

»Was jetzt? Ich kapiere gerade nicht ...«

»Wenn man mit jemandem so gut befreundet ist, dass man sogar weiß, welche Schokoriegel er am liebsten mag. Du nimmst einen mit Erdnüssen, wetten?«

»Stimmt.« Paul grinst schon wieder. Und als Alex zurückgrinst, wartet er fast darauf, dass sie jetzt auch gleich noch irgendwas sagt wie: »Anna mag wahrscheinlich gar keine Schokoriegel, sondern nur Kaugummi mit Zwiebelgeschmack.« Oder so was in der Art.

Aber stattdessen beugt sich Alex nur ganz schnell vor und drückt ihm einen Kuss auf die Wange. Weshalb Paul einen so roten Kopf bekommt, dass die Kassiererin ihn fragt, ob alles okay ist.

»Alles bestens«, sagt Paul. »Mir ist nur ein bisschen heiß hier drin.«

»Nicht nur dir«, erwidert die Kassiererin und

zeigt auf die Packung mit den Fischstäbchen in seiner Hand. Die am Rand schon ganz aufgeweicht ist und eine kleine Pfütze auf dem Band hinterlassen hat. »Ich glaube, du solltest dich mal beeilen, damit nach Hause zu kommen.«

»Mach ich. Ich hole nur noch Dusty und mein Rad und ab geht's.«

»Ich komme noch kurz mit, um Dusty Hallo zu sagen«, erklärt Alex, als sie neben Paul durch die Tür geht. Sie reckt den Kopf und blickt suchend zu den aufgestapelten Flaschenkästen hinüber. »Wo hast du ihn denn angebunden?«

»Wo ich ihn immer anbinde natürlich«, sagt Paul. »Bei den beiden Haken an der Wand, wo sonst? – Hä?«, macht er gleich darauf, als er kapiert, warum Alex gefragt hat. »Was soll das denn?«

Er rennt los. Alex rennt hinter ihm her. Bei dem Stapel mit den leeren Kästen bleibt Paul so abrupt stehen, dass Alex gegen ihn stößt.

»Was … wo … ich meine, wieso …«, stammelt Paul. »Ich habe ihn doch hier angebunden!«

Die beiden Haken an der Wand sind leer. Es liegt auch nirgends eine durchgebissene Leine. Nur der umgestürzte Wassernapf liegt in einer Pfütze auf dem Boden. Das ist alles. Dusty ist weit und breit nicht zu sehen.

Noch bevor er es richtig kapiert, knallt die Heckklappe zu und er ist eingesperrt. Nach vorne kommt er auch nicht, da ist ein Gitter zwischen ihm und den Sitzen. Er bellt und kratzt an den Stäben, dann dreht er sich um und springt mit den Vorderpfoten gegen die Scheibe. Erst links, dann rechts.

»Hör auf«, sagt die Frau von vorne. Ihre Stimme klingt, als würde es ihr leidtun, dass er nicht rauskann.

Der Mann sagt gar nichts. Er lässt den Motor an und fährt los. Und er schaltet das Radio ein! So laut, dass er sich anstrengen muss, um noch lauter zu bellen.

Jetzt biegt der Mann so schnell um eine Kurve, dass er sich nicht mehr halten kann und umfällt. Genau auf die Einkaufstüte, aus der der Mann den Käse geholt hat. Den Käse, wegen dem er ins Auto geklettert ist!

Mit einem Satz springt er ans Rückfenster. Aber er kann den Supermarkt schon nicht mehr sehen. Er winselt und kratzt an der Scheibe, dann bellt er wieder! Paul, bellt er, Paul!

Das Auto fährt jetzt schneller, er sieht, wie die

Häuser rechts und links vorbeiwischen. Er überlegt, ob der Mann und die Frau vielleicht zu ihm nach Hause fahren. Aber es ist eine fremde Straße, er erkennt kein einziges Haus.

Einmal halten sie an einer Ampel. In dem Auto neben ihnen sitzt ein kleiner Junge, der ihn anstarrt. Er schlägt wieder mit den Vorderpfoten gegen die Scheibe und bellt.

»Sei endlich ruhig!«, ruft der Mann von vorne.

Der kleine Junge in dem anderen Auto streckt ihm die Zunge raus.

Es dauert nicht lange, bis sie auf einer großen Straße sind. Das Auto fährt jetzt sehr schnell. Ein paarmal überholen sie einen Lastwagen. Hechelnd starrt er durch das Gitter nach vorne. Erst nach einer Weile kapiert er, dass sie gar nicht mehr in der Stadt sind. Da draußen sind nur noch Felder und Wiesen. Keine Häuser mehr, nichts, was er erkennt, auch keine Menschen.

Aber das geht nicht, er muss doch zurück zu Paul! Er muss irgendwie raus aus diesem Auto und den Weg zum Supermarkt wiederfinden.

Ganz kurz sieht er ein paar Kühe, die hinter dem Auto herglotzen. Und dann kommt ein Wald, dunkle Bäume, die so dicht stehen, dass er kaum den Himmel sehen kann.

»Es dauert nicht mehr lange!«, ruft ihm die Frau von vorne zu. Sie beobachtet ihn eine Weile, bevor sie zu dem Mann sagt: »Ich glaube, er hat aufgegeben. Er ist jetzt ganz ruhig.«

»Schlauer Hund«, antwortet der Mann. »Aber pass trotzdem auf, dass er keinen Blödsinn macht.«

»Irgendwie guckt er komisch«, erwidert die Frau. »Vielleicht ist ihm ja schlecht. – Lass das!«, ruft sie ihm zu. »Mach Platz, leg dich hin!«

Ihm ist nicht schlecht. Autofahren kennt er ja. Aber er hat gerade eine Idee. Und wenn er sich nicht sehr täuscht, müsste es klappen. Zu Hause gibt es jedenfalls immer Ärger, wenn er versucht, sich ein bisschen was aus dem Einkaufsbeutel zu klauen. Und die Tüte mit dem Käse steht ja immer noch direkt neben ihm.

Er streckt den Kopf vor und schnuppert an der Tüte.

»Nicht!«, ruft die Frau sofort. »Weg da! – Du hast die Tüte hinten stehen lassen«, erklärt sie dem Mann. »Das war dumm.«

»Weg von der Tüte!«, brüllt jetzt auch der Mann.

Er zerrt mit den Zähnen an der Tüte und wirft sie um.

»Jetzt frisst er den ganzen Käse!«, jammert die Frau. »Mach doch irgendwas!«

»Da vorne kommt ein Parkplatz, da kann ich halten!«

Sie biegen mit quietschenden Reifen auf den Parkplatz ein. Und kaum hat das Auto angehalten, als der Mann auch schon aussteigt und nach hinten gerannt kommt, um die Klappe aufzureißen.

»Weg von der Tüte, aber schnell!«, ruft er. Hastig versucht er, die Sachen einzusammeln, die im ganzen Kofferraum verstreut sind. Den Käse und den Joghurt und die Würstchen. Jetzt kommt auch die Frau dazu und ringt die Hände und ruft: »Oh nein! Das ganze Essen!« Sie beugt sich vor, um ihrem Mann zu helfen.

Aber er hat nur auf den Moment gewartet, in dem sie beide die Hände voll haben und ihn nicht festhalten können. Er quetscht sich zwischen ihnen hindurch und springt vom Kofferraum auf den Parkplatz. Dann blickt er sich schnell um. Da ist die Landstraße, auf der gerade ein Lieferwagen vorbeifährt. Er kann den Luftzug bis auf den Parkplatz spüren. Aber Landstraßen sind sowieso gefährlich, das weiß er. In der anderen Richtung führt ein Feldweg weiter bis zum Wald.

Er duckt sich weg, als der Mann ihn packen will. Und rennt los! Den Feldweg entlang bis zum Wald. Er hört noch, wie der Mann und die Frau irgend-

etwas rufen. Und als er sich umblickt, kommen sie hinter ihm hergerannt. Aber da ist er schon bei den ersten Bäumen. Er springt über einen Graben und läuft weiter, über Wurzeln und trockene Äste, bis er nicht mehr kann und hechelnd stehen bleibt.

Als er wieder zurückblickt, ist da nichts als der dunkle Wald um ihn herum.

2. Kapitel

Paul ist so entsetzt, dass er für einen Moment kreidebleich wird. Dann rennt er los. Bis zur nächsten Ecke. Und wieder zurück und zur anderen Seite.

»Dusty!«, ruft er immer wieder. »Dusty! Duuusty!«

Ein paar Leute auf dem Parkplatz gucken zu ihnen herüber. Als Paul anfängt, ziellos zwischen den Autos herumzulaufen, hält ihn Alex am Arm fest.

»Das hat doch keinen Zweck. Dusty ist nicht hier, wir müssen …«

»Was?«, blafft Paul sie an. »Wir müssen Dusty finden, sonst überhaupt nichts, kapiert? Und wenn dir das nicht passt, dann hau doch ab. Ich brauche keinen, der hinter mir herrennt und mich nervt!«

»Sag mal, spinnst du? Was soll das? Ich will dir doch nur helfen! Glaubst du, es ist mir egal, ob Dusty weg ist, oder was? Aber hier rumbrüllen bringt's nicht. Wir müssen die Leute fragen, ob sie irgendwas gesehen haben.«

Alex presst die Lippen zusammen und lässt Paul einfach stehen. Sie ist wieder sauer, schon klar. Aber sie hat ja auch recht, Paul weiß selber nicht, warum er sie so blöd angemacht hat. Doch, er weiß es! Er hat Angst! Wegen Dusty. Und er hat keine Ahnung, was er tun soll. Außerdem gibt er Alex ein bisschen die Schuld daran, dass Dusty weg ist. Wenn er nicht so ewig mit ihr gequatscht hätte, wäre er in zwei Minuten wieder bei Dusty gewesen. Und jetzt längst wieder zu Hause. *Mit* Dusty!

Er sieht, wie Alex auf eine Frau zugeht, die gerade ihr Auto aufschließt, um die Sachen aus ihrem Einkaufswagen in den Kofferraum zu laden. Jetzt redet Alex mit der Frau. Und die Frau schüttelt den Kopf. Alex geht zum nächsten Auto, an dem jemand seine Sachen einlädt. Diesmal ist es ein Mann mit einem kleinen Jungen auf den Schultern. Aber auch der Mann schüttelt den Kopf. Als Alex weiterläuft, ruft der kleine Junge »Wau wau« hinter ihr her. Bis sein Vater irgendwas zu ihm sagt und der Junge bitterlich zu weinen anfängt.

Ich würde auch gerne weinen, denkt Paul. Mann, was für ein Mist! Er merkt, wie er vor Angst und Aufregung zittert. Aber es geht auch nicht, dass er

Alex alleine weitersuchen lässt. Außerdem ist sowieso keiner mehr auf dem Parkplatz zu sehen, den sie noch fragen könnte.

»Alex!«, ruft er. »Warte mal!«

Alex tut so, als hätte sie ihn nicht gehört. Ohne sich umzublicken, geht sie jetzt zur Eingangstür und verschwindet im Supermarkt. Paul beeilt sich, zwischen den parkenden Autos hindurchzukommen, um ihr zu folgen.

Als er sie im Supermarkt an der Kasse stehen sieht, läuft er zu ihr und flüstert: »Tut mir leid wegen vorhin. War doof von mir, sorry. Es ist nur, weil ...« Er zuckt mit den Schultern. Alex weiß ja sowieso, wie es ihm geht.

Alex nickt, dann zeigt sie mit dem Kopf auf die Kassiererin, die gerade telefoniert. »Es gibt vielleicht jemanden, der was weiß«, erklärt Alex. »Die Kassiererin holt ihn gerade.«

»Er kommt gleich«, sagt die Frau an der Kasse und legt den Hörer wieder auf.

Paul und Alex machen Platz für die Kunden, die ihre Einkäufe bezahlen wollen. Während sie warten, sagt Paul noch mal leise: »He, war echt blöd von mir, danke, dass du mir hilfst.«

»Hoffen wir mal, dass der Typ da jetzt wirklich was gesehen hat«, erwidert Alex.

Zwischen den Regalen kommt ein Junge auf sie zu, den sie beide aus der Schule kennen. Einer von den Großen, die normalerweise nie mit Paul oder Alex reden. Weil sie sich selber für viel zu wichtig halten. Aber offensichtlich arbeitet der Typ hier nachmittags. Wahrscheinlich im Lager, von da kommt er nämlich gerade.

»Wollt ihr was von mir?«, fragt er jetzt nicht besonders freundlich.

»Die Frau an der Kasse sagt, du wärst vorhin draußen bei den Kästen mit den leeren Flaschen gewesen«, erklärt Alex. »Und da war ein Hund angebunden, den suchen wir.«

»Es ist mein Hund«, sagt Paul noch schnell, weil er das Gefühl hat, dass er nicht einfach alles Alex überlassen kann. »Dusty. Und er ist … weg!«

»Klar ist er weg. Dämlicher Köter, echt! Hat den ganzen Stapel mit den Kästen umgeworfen, ich musste alles wieder einsammeln. Und der Idiot, dem das Riesenvieh gehörte, hat noch nicht mal ›Entschuldigung‹ gesagt.«

»Warte mal!«, stoppt ihn Paul, bevor er sich noch mehr aufregen kann. »Wieso Riesenvieh? Dusty ist überhaupt nicht groß …«

»Ich zeig ihn dir«, sagt Alex. Sie zieht ihr Handy aus der Tasche und ruft ein Bild auf. »Der schwarze

Hund ist meiner, aber wir suchen den daneben, das ist Dusty.«

Paul ärgert sich, dass er nicht selber auf die Idee mit dem Handyfoto gekommen ist. Irgendwie ist er gerade völlig neben der Spur, weil er sich solche Sorgen macht.

Der Typ aus ihrer Schule starrt ewig auf Alex' Handy. Bis er endlich nickt und sagt: »Ach so, *den* Hund meint ihr. Der war auch da, stimmt. Cooler Hund …«

Jedenfalls scheint er selber nicht der Einzige zu sein, der völlig neben der Spur ist, denkt Paul. Oder der Typ ist einfach ein bisschen lahm in der Birne! Nicht der Hellste, obwohl er schon in der Zwölften ist.

»Äh …«, stammelt Alex. »Noch mal, ja? Es waren also zwei Hunde?«

»Klar, der dämliche Riesenköter und der andere. Der, den ihr sucht, hättet ihr ja gleich sagen können.«

»Und hast du vielleicht auch gesehen, was mit Dusty passiert ist? Also, wieso er weg ist, meine ich«, mischt sich Paul ein. »Hat ihn jemand losgebunden und mitgenommen oder …«

»Ja, genau so war's.«

»Äh, wie jetzt?«

»Jemand hat ihn mitgenommen. Hab ich nur zufällig gesehen, vom Fenster im Lager aus. Ist ja gleich neben der Tür für das Leergut. Die leeren Kästen und so, die der Riesenköter umgeworfen hat, bevor der Idiot mit ihm abgehauen ist. Aber ihr wollt wissen, wer euren Hund mitgenommen hat, richtig?«

»Richtig«, stöhnt Paul. »Jetzt sag schon!« Er ist so nervös, dass er ständig von einem Bein aufs andere tritt. Und Alex neben ihm verdreht sowieso schon nur noch die Augen.

Aber statt dass der Typ jetzt endlich mal was erzählt, was ihnen weiterhilft, fragt er nur: »Echt? Es ist wirklich euer Hund? Das heißt … dann haben die ihn geklaut! Oder entführt oder so was! Wegen Lösegeld! Die rufen bestimmt an und wollen Geld! Mist!« Jetzt haut er sich mit der flachen Hand vor die Stirn. »Das war … ein Honda, mit dem die weg sind. Nee, ein Toyota! Toyota, ganz sicher. Silbern. Oder grau, kann auch sein. Aber hinten war ein Aufkleber drauf. Mit einem Hund! Ein bisschen so wie eurer, glaube ich. Oder Terrier. Mehr Terrier. Aber ich hab mir die Nummer nicht gemerkt, von dem Auto, meine ich. Kennzeichen und so …«

»Und die Leute?«, unterbricht ihn Alex genervt. »Du sagst immer ›die‹, es waren also mehrere?«

»Zwei. Ein Mann und eine Frau. Der Mann hat erst drüben auf dem Parkplatz neben dem Auto gestanden und geraucht. Und zugeguckt, als ich die Flaschen wieder eingesammelt habe. Und dann ist er angelatscht gekommen und hat dem Hund was zu fressen gegeben.«

»Und dann haben sie Dusty losgebunden und ihn mitgenommen?«, fragt Paul atemlos.

»Vielleicht«, erwidert der Typ. »Gut möglich, aber vielleicht auch nicht. Ich hab's ja nicht gesehen. Ich weiß nur, dass der Hund nicht mehr da war, als ich noch mal rausgeguckt habe. Und die Leute waren auch nicht mehr da, die mit dem Toyota. Ich hab mich noch gewundert, warum sie den Hund vorm Laden angebunden haben, wenn sie gar nicht einkaufen wollten, sondern nur auf dem Parkplatz rumstehen und rauchen.«

»Wie sahen sie aus, der Mann und die Frau?«, bohrt Alex nach. »Kannst du sie beschreiben?«

»So wie … weiß nicht, ganz normal irgendwie. Der Mann hatte eine Glatze, hilft das?«

»Und die Frau?«

»Keine Glatze.«

»Oh Mann«, stöhnt Paul. Er packt den Typen an der Jacke und schüttelt ihn, obwohl der andere fast zwei Köpfe größer ist als Paul. Aber das ist Paul gerade völlig egal, es geht um Dusty, und er muss rauskriegen, was der Typ nun wirklich gesehen hat. »War die Frau blond oder dunkel? Und wie alt waren die beiden? Was hatten sie an? Ist dir irgendwas an ihnen aufgefallen?«

»Nee, nichts. Aber die Frau war blond!«

»Und wie alt?«

»Keine Ahnung. So wie meine Mutter vielleicht.«

»Hast du die Leute hier vorher schon mal gesehen?«

»Was? Nee, ich bin ja immer im Lager.«

»Okay«, sagt jetzt Alex. »Letzte Frage: Habt ihr Kameras?«

Sie können richtig sehen, wie das Gesicht des Typen sich bei Alex' Frage vor Freude verzieht. Als hätte er jetzt endlich mal eine Antwort für sie, mit der sie auch zufrieden wären …

»Klar! Cooles Teil, ist gerade ganz neu im Angebot. Ihr müsst euch aber beeilen, der Tisch ist schon fast wieder leer, habe ich vorhin zufällig gesehen. Da drüben, unter dem Schild SONDERANGEBOT!«

Er zeigt zwischen zwei Regalreihen hindurch. Paul braucht einen Augenblick, bis er kapiert, wovon der Typ überhaupt redet.

Alex ist ein bisschen schneller als er. Sie wedelt

sich mit der Hand vor der Stirn hin und her und sagt laut: »Mann, wie dämlich kann man eigentlich noch sein? Wir wollen doch keine Kamera kaufen, wir wollen wissen, ob ihr draußen am Supermarkt Kameras habt! Ka-me-ra, Fotos von Leuten auf Parkplatz, kapierst du?«

»Ach so, ihr wollt wissen, ob man irgendwas sehen kann. Wie die Leute gerade euren Hund klauen oder so.«

»Super!«, lobt ihn Alex. »Du hast es! Und?«

»Ja, gibt es.« Er deutet mit dem Daumen zurück über seine Schulter. »Beim Filialleiter hinten im Büro. Da sind die Monitore, da kannst du alles sehen. Aber ich weiß nicht, ob der euch …«

»Danke, das reicht schon. Mehr wollten wir gar nicht wissen«, unterbricht ihn Paul und zieht Alex mit sich.

»Der Filialleiter ist ein bisschen komisch!«, ruft der Typ aus ihrer Schule ihnen noch nach.

»Da ist er dann ja nicht der Einzige hier«, stöhnt Alex, während sie durch den Gang mit dem Waschpulver und dem Toilettenpapier hasten. »Und eins ist schon mal sicher: Ich werde nie Polizistin!«

»Hä?«, macht Paul.

»Stell dir mal vor, du hast öfter solche Typen wie

den hier als Zeugen, dann kannst du dir doch gleich einen Strick nehmen.«

»Hoffen wir mal, dass der Filialleiter uns weiterhilft.« Paul steuert auf die Tür mit dem Schild BÜRO zu. Und er will gerade klopfen, als die Tür aufgeht und ein Mann in einem Kittel mit dem Logo des Supermarktes rauskommt. Argwöhnisch mustert er sie, als Paul fragt: »Entschuldigung, wir suchen den Filialleiter. Sind Sie das?«

»Wer will das wissen?«

»Lass mich mal«, flüstert Alex schnell und schiebt Paul zur Seite. »Wir haben ein Problem«, fängt sie dann an zu erklären und tut so, als würde sie jeden Moment in Tränen ausbrechen. »Wir hatten unseren Hund draußen angebunden, und jetzt ist er weg.« Sie erzählt die Geschichte mit dem Mann und der Frau, die Dusty vielleicht mitgenommen haben. Und sie redet so schnell, dass der Filialleiter gar keine Chance hat, sie zu stoppen. Bis sie am Schluss fragt: »Können wir vielleicht die Bilder angucken, die Ihre Kameras da draußen aufgenommen haben? Damit wir sehen, was das für ein Auto war, also ich meine, welches Kennzeichen es hatte und …«

»Haha!«, erwidert der Filialleiter. »Sind wir von der Polizei oder was?«

Paul merkt, wie er kurz davor ist zu verzweifeln. Was ist das heute bloß für ein Tag! Alles geht schief!

»Können Sie uns nicht bitte helfen?«, versucht Alex es noch einmal.

»Nein. Da könnte ja jeder kommen und mir irgendeine Geschichte erzählen. Aber das geht nicht. Datenschutz, das Wort werdet ihr ja wohl schon mal gehört haben! Aber ihr könnt ja zur Polizei gehen und eine Anzeige aufgeben. Dann werden die sich darum kümmern. Und jetzt macht Platz, ich habe noch was anderes zu tun, als mit euch zu diskutieren …«

Er dreht sich noch einmal zur Tür zurück und schließt sie demonstrativ ab. Als würde er befürchten, dass Paul und Alex sonst womöglich einbrechen!

Dann verschwindet er kopfschüttelnd, als wäre es kaum zu glauben, womit manche Leute ihn so behelligen! Und worum er sich alles kümmern soll …

»Und jetzt?«, fragt Paul und schluckt. »Gehen wir zur Polizei?«

Alex überlegt einen Moment, dann schüttelt sie den Kopf. »Ich glaube, das hätte wenig Sinn. Die werden nur irgendwas unternehmen, wenn du da mit einem Erwachsenen ankommst. Mit deinem Vater oder deiner Mutter! Uns würden sie sicher gleich wieder wegschicken. Und wir wissen ja noch nicht mal genau, ob Dusty wirklich geklaut worden ist.«

»Was sonst?«, fragt Paul. »Wenn sie ihn nur losgemacht hätten, wäre er noch da! Er haut nicht von alleine ab, er hätte sich garantiert vor die Eingangstür gesetzt und gewartet.«

»Oder er ist zu euch nach Hause gerannt!«, schlägt Alex vor.

Paul zuckt mit den Schultern. »Glaube ich nicht.«

Im selben Moment klingelt sein Handy. HOME steht auf dem Display. Paul zögert, ob er den Anruf vielleicht wegdrücken soll. Aber das würde ihm auch nicht weiterhelfen. So wie es aussieht, wird er alles erzählen müssen. Und vielleicht ist es auch besser so! Natürlich wird er Ärger bekommen, großen Ärger sogar, aber dann kann er wenigstens mit seinem Vater zur Polizei und …

Es ist die einzige Möglichkeit, denkt er noch. Wir müssen zur Polizei. Wenn Dusty wirklich entführt worden ist, dann finden wir ihn auch nicht alleine wieder.

»Ja?«, sagt er ins Handy.

Seine Mutter ist dran. »Ist was passiert?«, fragt Simone. »Wo bleibst du denn? Wir warten alle auf dich! Und auf Dusty! Stell dir vor, Anna und ihre Eltern sind schon da. Sie sind früher gekommen. Und sie haben auch nicht so viel Zeit, Anna fragt andauernd, wann du endlich mit Dusty zurückkommst!«

»Ich bin noch am Supermarkt«, sagt Paul. »Ich habe Alex getroffen und dann … dann …«, fängt er an zu stammeln.

»Ich dachte mir schon so was«, erwidert seine Mutter genervt. »Also komm jetzt bitte endlich.«

»O. k.«, sagt Paul und schaltet sein Handy aus. »Ich muss los, Anna und ihre Eltern sind schon da. Anna wird voll ausflippen, wenn sie hört, was passiert ist.«

Alex hat kaum Annas Namen gehört, als sie die Lippen zusammenkneift und Paul mit ihren Blicken fast erdolcht.

»Vergiss nicht, ihr ordentlich Fischstäbchen zu geben, ich hoffe nur, dass noch irgendwo eine Gräte ist, an der sie erstickt.«

Dann dreht sie sich um und geht.

An die Fischstäbchen hat Paul in der Aufregung gar nicht mehr gedacht. Obwohl er die Packung die ganze Zeit in seinem Einkaufsbeutel hatte. Jetzt wirft er nur einen kurzen Blick in den Beutel, der unten schon so nass ist, dass es tropft. Dann stopft er alles zusammen in den nächsten Abfallkorb.

Er merkt, wie ihm die Tränen über die Wangen laufen. Hastig schließt er sein Fahrrad los und schwingt sich auf den Sattel. Er muss immer wieder heftig blinzeln, um überhaupt etwas sehen zu können, und als er an einem Vorgartenzaun vorüber kommt, hinter dem ein Hund bellt, hofft er für eine Sekunde, dass es Dusty ist.

Aber es ist nicht Dusty, sondern nur ein bellender Terrier.

»Dusty«, schluchzt Paul, während er weiterfährt. »Dusty! Dusty! Dusty!« Als könnte alleine Dustys Name helfen, seinen besten Freund zurückzubringen.

Völlig verheult kommt er zu Hause an.

Anna muss hinter dem Fenster auf ihn gewartet haben. Und im nächsten Moment stehen sie alle ratlos um ihn herum, nur Paulchen spring an seinem Hosenbein hoch und wedelt aufgeregt mit dem Schwanz.

»Was ist passiert?«, fragt Peter.

»Wo ist Dusty?«, will Anna wissen.

»Ist er überfahren worden?«, ruft Karlotta entsetzt.

»Paul!« Simone nimmt ihn in die Arme und zieht ihn ganz fest an sich. »Jetzt mal ruhig! Was ist mit Dusty?«

»Dusty …«, setzt Paul an. Dann muss er wieder schluchzen, bevor er herausbringt: »Dusty ist weg. Vielleicht entführt worden. Vorm Supermarkt. Ich muss mit Papa zur Polizei!«

Für einen kurzen Moment glaubt er, das Tannendickicht vor ihm wiederzuerkennen. Er war schon mal hier! Er muss nur den schmalen Pfad unter den tief hängenden Zweigen wiederfinden und dann bis zu den großen Steinen laufen, unter denen der Fuchsbau ist. Nicht weit davon sind der Graben und die Straße, die zu dem alten Schwimmbad im Wald führt. Von da aus ist er den Weg nach Hause schon hundertmal gelaufen, da kennt er jeden Stein und jede Wurzel, jeden Grashalm und jeden Maulwurfshügel …

Er schiebt den Kopf weit zwischen die Vorderbeine und hält die Schnauze ganz dicht über den Boden. Es ist schwierig so zu laufen, aber dafür riecht er jede Spur, die ein anderer hier hinterlassen hat. Der Fuchs war da, klar. Und ein Hase. Er meint auch, noch einen anderen Hund riechen zu können. Aber irgendetwas stimmt nicht. Erst als er die Nase in das feuchte Laub wühlt, weiß er plötzlich, warum ihm die Spuren so komisch vorkommen, dass sein Nackenfell schon die ganze Zeit über gesträubt ist.

Die Spur vor ihm riecht eindeutig nach einem Hund, aber trotzdem irgendwie anders, gefährlicher!

Und so als wäre der andere Hund alleine unterwegs, ohne einen Menschen. Auch an dem Büschel Fell, das an einem dornigen Zweig hängen geblieben ist, gibt es nicht den geringsten Geruch nach Mensch. Als ob der andere nicht in einem Haus wohnen würde. Und nie auf einem Sofa schlafen oder in der Küche darauf warten, dass er etwas zu fressen bekommt, während sich der Essensduft vom Herd in seinem Fell festsetzt …

Er hebt den Kopf und spitzt die Ohren. Irgendwo knackt ein trockener Ast. Und dann raschelt etwas vor ihm im Laub.

Ein Igel! Natürlich weiß er, dass Igel nicht gefährlich sind. Und er kennt auch ihren Trick, wenn man ihnen zu nahe kommt. Er hat sich nämlich an so einer Igelkugel schon mal gehörig die Nase gepikst. Deshalb versucht er jetzt gar nicht erst, den Igel zu ärgern, sondern wartet einfach, bis er unter einem umgestürzten Baumstamm verschwunden ist.

Dann pinkelt er kurz an den Stamm und blickt sich suchend um. Er muss ja immer noch den Pfad wiederfinden, der unter den Tannenzweigen hindurchführt. Er hat auch Durst und vor allem Hunger. Bestimmt wartet Paul schon zu Hause auf ihn! Bestimmt hat Simone ihm auch irgendwas zu fressen in seinen Napf in der Küche getan. Und wenn er sich beeilt, braucht er nicht lange bis nach Hause. Dann kann er trinken und fressen und mit Paulchen spielen. Bis der Kleine ihn nervt und er ihn kurz anblaffen muss, damit er ihn in Ruhe lässt.

Als er an Paul und seine Familie denkt, fängt er an, mit dem Schwanz zu wedeln. Er legt den Kopf in den Nacken und bellt. Nur ganz kurz, damit sie zu Hause wissen, dass er jetzt kommt.

Dann rennt er los. Ganz dicht an den Tannen entlang. Aber da ist nirgends eine Lücke. Auch nicht, als er noch mal zurückläuft. Er kann den Pfad nicht wiederfinden! Ein paarmal sucht er noch, immer mit der Schnauze dicht am Boden, aber er kann auch keine Tierspuren mehr entdecken.

Schließlich duckt er sich und kriecht auf allen vieren in das Tannendickicht hinein. Ein paar trockene Nadeln bohren sich in seine Fußballen, er muss kurz anhalten, um sie mit den Zähnen herauszubeißen. Als er weiterkriecht, reißt ihm ein spitzer Zweig ein Büschel Fell vom Rücken. Dann geht es plötzlich steil nach unten, direkt vor ihm, er kann gerade noch die Pfoten fest in den Boden drücken, bevor er den ganzen Abhang hinunterrutscht. Aber wenigstens stehen die Tannen jetzt nicht mehr so dicht, vorsichtig klettert er über Wurzeln und loses Felsgeröll nach unten. Zwischen runden Steinen rauscht und gurgelt ein Bachlauf. Er streckt den Kopf vor und schlappt so lange Wasser, bis sein Bauch ganz prall ist.

Erst dann wird ihm klar, dass er hier noch nie zuvor gewesen ist. Er hatte sich geirrt, es war ein ganz anderes Tannendickicht, das er nicht kannte, deshalb hat er auch den Pfad nicht gefunden. Es gibt hier gar keinen Pfad! Und deshalb führt auch ein Abhang steil nach unten bis zu diesem Bach, obwohl er eigentlich längst an dem Graben und der Straße zum alten Schwimmbad sein müsste. Er ist ganz woanders – und er hat keine Ahnung, wo!

Er trottet eine Weile an dem Bachlauf entlang. Irgendwann merkt er, dass es kalt wird. Die Sonne ist verschwunden, zwischen den Baumwipfeln ist alles grau. Große Wolken jagen am Himmel dahin, in der Ferne hört er ein leises Donnergrollen.

Wieder stellen sich seine Nackenhaare auf. Er mag kein Gewitter! Zu Hause kriecht er bei Gewitter immer in die Ecke hinter dem Sofa. Und wenn die Blitze über den Himmel zucken, rollt er sich zusammen, schiebt seine Schnauze unter die Schwanzspitze und tut so, als wäre er nicht mehr da.

Aber hier gibt es kein Sofa, hinter dem er sich verkriechen kann. Und es ist auch niemand da, der ihn streichelt und ihm ins Ohr flüstert: »Es ist alles gut,

Dusty! Das ist nur ein Gewitter, das ist gleich wieder vorbei.«

Er muss schnell weiter. Vielleicht schafft er es ja doch noch bis nach Hause. Er muss *es schaffen! Er muss ja auch Paulchen das Versteck hinter dem Sofa zeigen. Und ihm beibringen, sich bei Gewitter zusammenzurollen und die Schnauze unter die Schwanzspitze zu schieben …*

Von einem Augenblick zum nächsten hat er plötzlich einen fiesen Geruch in der Nase. Aber das hat nichts mit dem Gewitter zu tun. Und dann sieht er sie auch schon!

Sie sind groß, sehr groß. Vor allem ihre Köpfe mit den langen Schnauzen sind riesig. Und sie sind viele! Der vorwegläuft, ist der Vater, die langen Zähne an seiner Schnauze schimmern hell.

Er springt schnell hinter einen Felsbrocken und duckt sich. Zum Glück haben ihn die Wildschweine noch nicht gesehen. Er hat schon mal Wildschweine getroffen, in dem Wald bei ihnen zu Hause. Deshalb weiß er, dass sie gefährlich sind, vor allem, wenn sie Kinder dabeihaben.

Große Wildschweine können so schnell rennen wie Hunde. Und es ist ihnen völlig egal, wenn vor ihnen plötzlich ein Gebüsch mit Dornen auftaucht. Sie rennen einfach weiter! Er hat es selber gesehen.

Wenn Wildschweine wütend sind, rennen sie auch kleine Bäume um. Und dabei grunzen sie so laut, dass es fast wie Brüllen klingt.

Auch jetzt kann er die Wildschweine grunzen hören. Das aufgeregte Quieken zwischendurch kommt von den Kindern. In einer langen Reihe führt der Vater sie jetzt durch den Bachlauf. Die Mutter passt auf, dass keins von den Kindern woandershin rennt. Wie schwarze Schatten verschwinden sie auf der anderen Seite im Wald.

Er kann noch eine ganze Weile hören, wie sie durch das Unterholz stapfen. Jedes Mal wenn sie im Vorbeilaufen einen tief hängenden Ast abbrechen, knackt das Holz splitternd. Er muss sich merken, dass er nicht aus Versehen genau da in den Wald läuft, wo die Wildschweine sind.

Das Donnergrollen kommt näher, schlagartig ist es fast dunkel, gleich darauf zucken auch schon grelle Blitze über den Himmel. Ängstlich kriecht er ein Stück zurück, noch weiter unter den Felsbrocken.

Beim nächsten Blitz kann er deutlich sehen, dass dicht neben dem Felsen ein Baum nach oben wächst. Und die Wurzeln haben den Stein so weit zur Seite gedrückt, dass dahinter eine Höhle ist.

Erst als er schon fast ganz unter den Wurzeln hindurchgekrochen ist, riecht er plötzlich etwas, was ihm gar nicht gefällt. Er hat keine Zeit, lange zu überlegen, woher er den Geruch kennt. Er muss hier wieder weg, die Höhle ist gefährlich. Aber seine rechte Hinterpfote hängt fest! Sie klemmt in dem engen Spalt zwischen den Felsen. Und je mehr er zerrt, umso mehr tut es weh, ohne dass er die Pfote losbekommt.

Als der nächste Blitz über den Himmel zuckt, sieht er einen Schatten, draußen vor der Höhle. Dann ist der Schatten wieder verschwunden. Aber in der Pause zwischen Blitz und Donner hört er ganz deutlich das Knurren. Und jetzt riecht er auch das nasse Fell! Das ist der Geruch, den er schon ganz zu Anfang bemerkt hatte, bei dem Tannendickicht.

Aber seine Pfote hängt fest, er kann nichts machen, als ebenfalls zu knurren.

Und wie aus dem Nichts ist der Schatten wieder da. So dicht vor ihm, dass er sogar die Augen erkennen kann. Und die Zähne, die der andere ihm knurrend zeigt …

3. Kapitel

Alle reden gleichzeitig. Und alle machen Paul Vorwürfe. Weil er schuld daran ist, dass Dusty weg ist.

»Wieso hast du ihn überhaupt mitgenommen?«, will Simone wissen. »Wir haben schon zigmal darüber geredet, dass es völlig idiotisch ist, mit Dusty zum Supermarkt zu fahren, nur um ihn draußen auf dem Parkplatz anzubinden.«

»Und gefährlich«, sagt Peter. »Da gibt es immer irgendwelche Leute, die auf dumme Gedanken kommen.«

»Wieso musstest du auch nur so lange mit Alex quatschen?«, regt sich Karlotta auf. »Das könnt ihr doch auch in der Schule, oder?«

»Wer ist Alex?«, fragt Anna. Sie hat bisher kaum etwas gesagt, sondern Paul nur böse angeguckt, als er erzählt hat, dass Dusty verschwunden ist. Und dann hat Anna nur noch mit Paulchen gespielt. Weshalb Karlotta jetzt schon zweimal versucht hat, ihr Paulchen einfach wegzunehmen. Aber Paulchen scheint Anna total gut zu finden! Und Paul hat auch längst gesehen, weshalb. Anna hat nämlich irgendwelche Kekse in der Tasche, die sie Paulchen heimlich gibt.

»Wer ist Alex?«, fragt sie noch mal, als Paul keine Antwort gibt.

»Niemand«, sagt Paul. Einfach weil er keine Lust hat, jetzt über Alex zu reden. Schließlich geht es um Dusty! Und überhaupt ist ja eigentlich Anna schuld, dass alles schiefgegangen ist. Nur weil Anna unbedingt kommen wollte, um Dusty zu sehen, hat er sich fast mit Alex gestritten! Und jetzt spielt Anna nur mit Paulchen und will wissen, wer Alex ist. Als ob das wichtig wäre!

Aber er hat natürlich nicht mit Karlotta gerechnet, die sofort ruft: »Alex ist Pauls Freundin! Und meine auch. Außerdem hat Alex eine Hündin, die Bella heißt und die die Freundin von Dusty ist und die Mutter von Paulchen.« Sie macht eine kurze Pause, um zu überlegen, bevor sie hinzusetzt: »Aber ich glaube, Alex würde es nicht gut finden, dass du Paulchen die ganze Zeit heimlich Leckerlis gibst. Er soll nämlich nichts von Fremden nehmen.«

»Dusty ist weg«, sagt Paul genervt. Und so laut, dass alle zu ihm blicken. »Und wir müssen ihn wiederfinden.«

Sein Vater nickt. Seine Mutter nickt auch. Karlotta blickt ihn so an, wie sie es immer tut, wenn sie hofft, dass ihr großer Bruder eine Lösung für irgendein Problem hat. Und Anna streichelt Paulchen. Und jedes Mal, wenn Paulchen mit dem Schwanz wedelt, ruft sie: »Süüüß!«

»Aber wir wissen nicht, ob er wirklich geklaut worden ist«, macht Paul weiter. »Vielleicht haben die Leute, die der Typ aus dem Supermarkt gesehen hat, Dusty auch nur losgebunden und er ist von alleine weggelaufen.«

»Quatsch«, sagt Karlotta sofort. »Das würde er nie tun. Er hätte sich vor den Eingang gesetzt und auf dich gewartet.«

Diesmal nickt Paul. Er denkt ja genau dasselbe wie seine Schwester, aber er wollte es noch mal von jemand anderem hören.

»Dann fahren Paul und ich jetzt zur Polizei«, erklärt Pauls Mutter.

»Gut«, sagt Pauls Vater und holt die Autoschlüssel für Simone aus seiner Jackentasche. Er scheint froh zu sein, dass er nicht mit zur Polizei muss. »Dann gehe ich mit den beiden Mädchen los, um in der Nähe vom Supermarkt ein paar Leute zu fragen, ob sie vielleicht etwas gesehen haben. Ich habe Fotos von Dusty im Handy, die können wir rumzeigen.«

»Und Paulchen?«, fragt Karlotta.

»Kommt in seinen Kennel und bleibt hier.«

»Ich kann auch hierbleiben und noch ein bisschen mit Paulchen spielen«, ruft Anna. »Wenn meine Eltern mich gleich abholen, muss ich sowieso hier sein.«

Annas Eltern haben Anna nämlich nur bei Pauls Familie abgesetzt und wollten noch irgendwas in der Stadt erledigen. Danach wollen sie Anna dann holen, um weiterzufahren. Aber irgendwie kapiert Paul immer noch nicht, warum Anna sich gar nicht weiter aufregt, dass Dusty verschwunden ist. Und vielleicht gestohlen wurde!

»Ich rufe deine Eltern an, und erkläre ihnen, was los ist«, sagt Peter zu Anna.

Er ruft die Nummer in seinem Handy auf und fängt an, mit Annas Vater zu reden.

»Das dauert mir jetzt zu lange«, sagt Simone. »Peter wird das schon klären. Komm, je eher wir Dustys Verschwinden bei der Polizei melden, umso besser.« Sie zieht Paul mit sich zur Tür raus.

Als sie dann im Auto sitzen, sagt Paul: »Ich kapiere nicht, wieso Anna … Also, ich meine, es ist doch irgendwie komisch, dass sie …« Er weiß nicht so richtig, wie er es sagen soll.

»Geht mir genauso«, erwidert Simone. »Ich

glaube schon, dass sie einen ziemlichen Schrecken bekommen hat, als du ohne Dusty aufgetaucht bist. Aber sie hat ihn natürlich ewig nicht gesehen! Dusty ist wie ein fremder Hund für sie.«

»Und außerdem hat sie sich in Paulchen verliebt«, überlegt Paul laut. »Mann, Mann, ich glaube, sie würde ihn am liebsten mitnehmen.«

»Das glaube ich auch, aber Karlotta wird schon aufpassen, dass das nicht passiert.«

»Garantiert«, stimmt Paul seiner Mutter zu. »Eher würde sie noch ihre Kaninchen hergeben!«

Für den Rest der Fahrt sagen sie beide nichts mehr. Als Paul aus dem Seitenfenster blickt, sieht er in der Ferne einen Blitz über den Himmel zucken. Hinter dem Wald türmen sich schwarze Wolken, da tobt ein Gewitter. Simone hat es auch gesehen. Und Paul merkt ganz deutlich, dass sie sich genauso viel Sorgen um Dusty macht wie er. Sie ist so nervös, dass sie das Auto jetzt genau im Halteverbot parkt. Direkt vor dem Polizeirevier!

Und dann rauscht sie vor Paul her in das Revier und sagt zu dem Polizisten hinter dem Tresen, der sich gerade ein hart gekochtes Ei pellt: »Wir möchten eine Entführung melden.«

Der Polizist legt sein Ei zur Seite und verdreht genervt die Augen. Als wollte er ihnen klarmachen, dass er gerade Wichtigeres zu tun hat, als sich um eine Entführung zu kümmern. Oder als hätte er Angst, dass in der Zwischenzeit vielleicht sein Ei entführt werden könnte!

»Okay«, stöhnt er, während er seinen Computer einschaltet. »Entführung, alles klar. Wer? Wann? Wo? Ich höre. Name des Entführten? Zeitpunkt der Entführung. Erwachsener oder Kind? Besondere Kennzeichnen? Gibt es Zeugen?«

»Also«, fängt Simone an. »Es geht um Dusty. Das ist der Name. Einfach nur Dusty. Ein besonderes Kennzeichen ist, dass er schwarz-weiß *und* braun ist, man nennt das tricolor und das ist wirklich etwas Besonderes! Daran kann man ihn gut erkennen. Und er hat braune Augen und ist acht Jahre alt. Und wirklich gut erzogen, er würde nie von alleine wegrennen. Außerdem war er angebunden …«

Simone redet und redet immer weiter, sie ist echt nervös, denkt Paul. Und der Polizist kapiert natürlich kein Wort mehr!

»Er ist acht und schwarz-weiß und braun?«, fragt er ratlos.

»Acht mal sieben«, erklärt Simone. »Man muss das nämlich mal sieben nehmen, also acht mal sieben gleich ungefähr Mitte fünfzig, so wie Sie, schätze ich mal. Und angebunden! Mit einer Lederleine! An dem Haken vorm Supermarkt.«

Der Polizist starrt Simone mit offenem Mund an. Er tut Paul fast ein bisschen leid, obwohl er so unfreundlich zu ihnen war.

Jetzt ruft Simone ein Foto auf und zeigt es dem Polizisten.

»Das ist er«, erklärt sie. »Dusty! Sehen Sie das dreifarbige Fell?«

»D… d… das ist ein Hund!«, stottert der Polizist.

»Natürlich«, bestätigt Simone. »Das sage ich doch die ganze Zeit. Ein Border Collie, tricolor, acht Jahre alt. Und er ist verschwunden, wahrscheinlich entführt.«

»Aha«, sagt der Polizist. »Und was soll ich da jetzt machen?«

Diesmal klappt Simone einfach nur den Mund auf. Und noch bevor sie etwas antwortet, weiß Paul, dass sie kurz davor ist, sauer zu werden. Und zwar richtig sauer!

Er hat sich nicht geirrt.

»Was soll die Frage?«, blafft seine Mutter den Polizisten an. »Wir sind doch hier bei der Polizei, oder etwa nicht? Und Sie sind Polizist! Also schicke ich Ihnen jetzt das Foto von Dusty auf Ihren Computer. Und Sie schicken es an alle Streifenwagen, damit die Dusty suchen. Irgendwo muss er ja sein. Alles klar?«

»Nein«, antwortet der Polizist.

»Oh doch, genau so machen wir das. Außerdem hat mein Sohn noch etwas zu erzählen, was Sie interessieren sollte.«

»Nein«, wiederholt der Polizist und schüttelt den Kopf. Und dann sagt er: »Es ist ein Hund. Da machen wir gar nichts. Stellen Sie sich mal vor, hier würde jeder kommen, dem der Hund weggelaufen ist. Und dann auch noch alle Leute, die ihre Katze suchen. Oder ihren Kanarienvogel, ihren Hamster, ihre Schildkröte, ihre weißen Mäuse …«

»Stopp!«, unterbricht ihn Simone. »Jetzt hören Sie mir mal zu! Erstens, es ist nicht irgendein Hund, sondern Dusty. Und der haut nicht einfach ab. Und zweitens, er ist wahrscheinlich entführt worden! Gestohlen! Genau vorm Supermarkt.« Sie dreht sich zu Paul. »Paul, erzähl mal, was passiert ist.«

Paul erzählt, was er von dem Typen aus dem Supermarkt weiß. Dass da eine Frau und ein Mann auf dem Parkplatz waren, die mit Dusty geredet haben. Und als der Junge das zweite Mal aus dem Fenster vom Lager gesehen hat, waren sie mit ihrem Auto verschwunden. »Genauso wie Dusty, der war auch weg. Aber es gibt da eine Kamera, die alles aufzeichnet. Wir brauchen uns nur die Bilder anzugucken, dann wissen wir, ob sie Dusty gestohlen haben. Und dann haben wir auch ihre Autonummer und können rauskriegen, wo sie wohnen, und Dusty zurückholen.«

»Fein«, erwidert der Polizist und strahlt Paul an, als wären sie die besten Freunde. »Dann macht das mal. Wenn ihr die Autonummer habt, könnt ihr ja wiederkommen.«

Paul und seine Mutter versuchen vergeblich, dem Polizisten zu erklären, dass der Filialleiter vom Supermarkt sie die Bilder nicht ansehen lässt, sondern gesagt hat, er dürfte sie nur der Polizei zeigen, sonst niemandem. »Aus Datenschutzgründen«, erklärt Simone.

»Da kann man nichts machen«, meint der Polizist. Er greift nach seinem halb gepellten Ei und setzt sich an seinen Schreibtisch.

Simone ruft noch ein paarmal »Hallo!« und »Geht's noch?«, aber der Polizist lässt sich nicht stören. Sondern zupft die Schale von seinem Ei und schmatzt vor sich hin, als ob Paul und seine Mutter gar nicht da wären.

Es bleibt ihnen nichts anderes übrig, als wieder zu gehen. Und sie kommen gerade aus dem Polizeirevier, als sie den Abschleppwagen sehen, der gerade dabei ist, ihr Auto aufzuladen. Weil sie ja im Halteverbot geparkt hatten!

»Halt!«, ruft Simone der Polizistin zu, die neben dem Fahrer steht. »Nicht! Wir kommen ja schon!«

Sie müssen ziemlich lange diskutieren, bis sie die Polizistin überzeugt haben, dass sie ihr Auto nicht abschleppen lässt. Natürlich erzählt Simone ihr auch, *weshalb* sie im Halteverbot geparkt hat. Und dass der Polizist im Revier gesagt hat, die Polizei könne da gar nichts machen.

»Aber in Wirklichkeit wollte er nur in Ruhe sein Ei pellen und essen«, erzählt Simone empört.

Die Polizistin hört allerdings kaum hin. Sondern sagt: »Bei verschwunden Hunden oder Katzen ist es am besten, wenn Sie überall in der Umgebung Plakate aufhängen. Mit einem Foto und ihrer Telefonnummer.«

Als sie auf die Hauptstraße einbiegen, um nach Hause zu fahren, sagt Simone: »Das machen wir. Wir drucken Zettel mit einem Bild von Dusty aus und hängen sie überall auf. Und ich werde auch noch mal selber mit dem Filialleiter vom Supermarkt reden. Wir finden Dusty wieder, ganz bestimmt.«

Aber Paul weiß natürlich, dass seine Mutter das

nur sagt, um ihn zu trösten. Simone weiß ja auch nicht, wo Dusty ist und wie es ihm geht!

Und dann sind sie gerade an der Kreuzung, an der es rechts zu ihrem Haus geht, als ihnen ein Auto entgegenkommt. Ein silberner Toyota!

Im Eingang der Höhle steht ein Hund. Ein großer Hund, größer als er selbst, und mit einem struppigen grauen Fell, das bis fast auf den Boden hängt.

Aber die Augen sind anders als bei jedem Hund, den er bisher getroffen hat. Sie schimmern fast gelb! Und sogar bei dem wenigen Licht im Eingang zur Höhle kann er sehen, dass die Zähne des großen Grauen sehr lang und spitz sind, als könnten sie ohne Mühe alles durchbeißen. Stricke und Lederriemen genauso wie Holz oder Knochen.

Als der große Graue jetzt seine Schnauze vorstreckt, weicht er ein Stück zurück. Aber er bekommt seine Pfote nicht frei und winselt vor Schmerz. Gleich darauf knurrt er wieder, damit der andere ihm nicht zu nahe kommt. Aber das stört den Grauen gar nicht, er kommt trotzdem näher. Allerdings achtet er darauf, immer so viel Abstand zu halten, dass er nicht gebissen werden kann.

Er versteht nicht, warum der Graue sich jetzt umdreht und die Hinterläufe gegen den Stein drückt, unter dem seine Pfote festhängt. Er sieht, wie der andere alle Muskeln anspannt und sich mit aller Kraft gegen den Stein stemmt.

Erst als er seine Pfote plötzlich hervorziehen kann, kapiert er, dass der große Graue ihn gerade befreit hat! Aber zwei Krallen an seiner Pfote sind abgerissen und aus der Wunde quillt Blut. Er leckt über seine Pfote und schielt dabei zu dem Grauen hinüber, der hechelnd vor ihm steht und ihn mit seinen gelben Augen beobachtet.

Jetzt sieht er, dass der andere die Ohren spitzt und unruhig zum Wald hinüberblickt. Der Regen fällt wie ein dichter Vorhang, die Tropfen trommeln auf die Steine und spritzen in alle Richtungen. Immer noch zucken Blitze über den Himmel und es ist fast dunkel.

Aber plötzlich sind sie da. Auf der anderen Seite des Bachlaufs, dicht vor den Stämmen der Bäume. Wenn er sich nicht sehr täuscht, sind es noch mehr als vorhin, graubraun und riesig, wie schwarze Löcher in der Dunkelheit. Vorne ist wieder der Anführer mit den beiden langen Hauern, die an jeder Seite aus seiner Schnauze nach oben ragen. Jetzt steigt er laut grunzend in den Bach und kommt genau auf den Felsen mit der Höhle zugewatet. Die anderen folgen ihm in einer langen Reihe. Die Kleinen quieken aufgeregt, als sie auf die glatten Steine klettern wollen und immer wieder wegrutschen, bis die Mutter sie mit der Schnauze nach oben schiebt.

Sie sind nur noch zwei oder drei Meter von der Höhle entfernt, als der große Graue ihn mit der Schulter weiter nach hinten ins Dunkle schiebt und sich dann breitbeinig vor ihn stellt. Mit dem Kopf zu den grunzenden und stampfenden Wildschweinen gewandt.

Er kann hören, wie der Graue anfängt zu knurren. Tief unten in der Kehle, sodass es rau und böse klingt. Und er sieht, wie er sein Fell aufgestellt hat, um größer zu wirken. Sein Kopf ist auf derselben Höhe wie die Schnauze des Anführers der Wildschweine, der ein heiseres Brüllen ausstößt. Noch zwei Wildschweine mit langen Hauern stellen sich jetzt neben den Anführer. Sie sind nicht ganz so riesig wie er, aber ihre kleinen Augen funkeln ebenso böse.

Es ist klar, dass sie in die Höhle wollen, wahrscheinlich um die Kleinen aus dem Regen ins Trockene zu führen. Aber sie wagen sich nicht an den großen Grauen heran! Und jedes Mal, wenn sich ein Wildschwein bewegt, knurrt der Graue wieder und spannt die Muskeln an, als ob er ihnen jeden Moment an die Kehle springen wollte.

Ein Donnerschlag lässt die Felsen zittern, der Blitz hat einen Baum getroffen, der Stamm ist gespalten und stürzt krachend quer über den Bach, die Zweige peitschen über den Boden. Die kleinen Wildschweine quieken ängstlich, aber der Anführer steht wie ein Felsen vor der Höhle. Ohne sich auch nur einen Zentimeter zu bewegen. Er will immer noch in die Höhle, um die Rotte in Sicherheit zu bringen. Und es ist klar, dass der Graue alleine keine Chance gegen die Wildschweine hat. Aber wenn der Graue aufgibt oder mit einem Sprung ins Dunkle verschwindet, dann werden die Wildschweine ihn, Dusty, entdecken, und er kann nicht mit dem Grauen flüchten, seine Pfote schmerzt zu sehr, er kann sie kaum bewegen.

4. Kapitel

Paul kapiert überhaupt nichts mehr.

»Was?«, fragt er entgeistert, als Alex ihn mit sich die Treppe hinaufzieht.

»Jetzt komm schon«, drängelt Alex. »Es ist wichtig, und es muss ja nicht gleich jeder hören!« Fast so, als ob *sie* hier wohnen würde und nicht Paul.

Paul und seine Mutter sind gerade erst nach Hause gekommen. Obwohl Paul natürlich schon wusste, dass Alex da ist, weil er ihr Fahrrad draußen an der Mauer gesehen hatte. Und dann ist ihnen Bella entgegengesprungen. Und hinter Bella kam Karlotta mit Paulchen auf dem Arm. Und dann Alex und dann Peter. Aber keine Anna.

»Annas Eltern haben sie gerade abgeholt«, hat Peter erklärt. »Sie wollten noch nicht mal kurz reinkommen, um vielleicht einen Kaffee zu trinken. Sie hatten es sehr eilig. Ich soll schöne Grüße sagen und ausrichten, dass sie die Daumen drücken. Wegen Dusty! Dass wir ihn schnell wiederfinden. – Was hat die Polizei überhaupt gesagt?«

Simone hat kurz erzählt, dass sie Pech hatten. Weil der Polizist mit dem hart gekochten Ei keine Lust hatte, sich um einen verschwundenen Hund zu kümmern. Auch nicht bei einer Entführung.

Schon da hat Paul bemerkt, wie Alex ihm irgendwelche Zeichen gemacht hat. Aber er hat nicht weiter darauf geachtet, weil Simone noch von dem Vorschlag der Polizistin erzählt hat, dass sie überall in der Umgebung Suchanzeigen aufhängen sollen. Und weil Karlotta auch gleich angefangen hat, sich einen Text dafür auszudenken.

»Obendrüber müssen wir ganz groß schreiben: HUND GEKLAUT! Und dann: WER HAT DIE FIESEN TYPEN GESEHEN, DIE UNSEREN LIEBLING DUSTY GESTOHLEN HABEN? GEBT IHN SOFORT WIEDER HER!«

Peter wollte auch gleich anfangen, den Zettel mit Karlotta auf seinen Computer zu tippen und auszudrucken, damit sie ihn noch vor dem Abend überall an die Laternenpfähle hängen können.

Und dann hat Alex schon wieder komische Zeichen gemacht. Sie hat die Augen verdreht und mit dem Kopf gewackelt, bis Paul endlich kapiert hat, dass sie ihm irgendetwas sagen wollte. Was offensichtlich die anderen nicht hören sollten!

»Was ist denn?«, hat er leise gefragt, als Peter

mit Simone und Karlotta im Arbeitszimmer verschwunden ist.

»Ich sage nur Entführung«, hat Alex geantwortet. »Und silberner Toyota! So silbern wie der Toyota von Annas Eltern, mit dem sie gerade weggefahren sind! Alles klar?«

Jetzt zerrt sie ihn in sein Zimmer und knallt die Tür hinter ihnen zu. Und bevor Paul überhaupt noch etwas sagen kann, erklärt sie: »Zähl mal eins und eins zusammen! Das Auto, das der Typ aus dem Supermarkt gesehen hat, war ein silberner oder grauer Toyota. Zu dem Toyota gehörten ein Mann und eine Frau. Und der Mann hatte eine Glatze. So, jetzt bist du dran. Oder willst du etwa behaupten, dass dir da nichts komisch vorkommt? Ich meine …«

»Ich weiß, was du meinst«, unterbricht Paul seine Freundin. Vor Aufregung flüstert er, als ob sie gerade über etwas reden würden, was »Top Secret« ist. Absolut geheim. Und gefährlich. Ungefähr so wie bei James Bond. Aber wenn Alex wirklich recht hat, dann … dann …

Paul starrt Alex fassungslos an.

Alex nickt und blickt sich um, als wollte sie sich vergewissern, dass außer ihnen nicht noch jemand im Zimmer ist. Der auf keinen Fall hören soll, worüber sie gerade reden. Jemand, der vielleicht hinter dem Vorhang steht. Oder unterm Bett liegt oder im Schrank sitzt. Oder der sich als roter Luftballon getarnt hat und in der Ecke über Pauls Schreibtisch schwebt.

»Es passt alles, oder?« Auch Alex flüstert jetzt. »Sie haben Anna hierhergebracht und gehört, dass du mit Dusty zum Supermarkt gefahren bist. Und jeder weiß, dass Hunde nicht mit in den Supermarkt reindürfen und deshalb draußen angebunden werden müssen. Als sie zu deinen Eltern gesagt haben, dass sie noch was in der Stadt erledigen müssen, war das gelogen! In Wirklichkeit haben sie nämlich gedacht, dass die Gelegenheit günstig ist, um Dusty zu klauen. Also sind sie zum Supermarkt. Und weil wir beide so lange gequatscht haben, saß Dusty auch noch davor. Und jetzt kommt's! Hast du dich gar nicht gefragt, wieso Dusty bei wildfremden Leuten ins Auto gestiegen ist? Das würde er doch nie tun, oder?«

»Würde er nicht«, gibt Paul ihr recht. »Stimmt. Es sei denn, er kennt die Leute.«

»Passt«, erklärt Alex wieder.

»Nicht wirklich«, überlegt Paul. »Zu Anna wäre er ins Auto gestiegen, ja, aber nicht zu ihren Eltern, das glaube ich nicht. Außerdem wusste er ja, dass ich im Supermarkt bin und er auf mich warten sollte.«

»Vielleicht haben sie ihn mit irgendwas betäubt«, schlägt Alex vor. »Oder sie haben ihn mit Leckerlis in ihr Auto gelockt. Du weißt, dass dein Hund fast alles für irgendeine Belohnung macht, wenn man ihm zum Beispiel ein Stück Käse hinhält ...«

»Dann will er es haben.«

»Und klettert ins Auto und das war's. Genauso haben sie es gemacht, wetten? Und dann sind sie ein noch bisschen in der Gegend rumgefahren, damit sie nicht zu schnell wieder hier waren. Aber jetzt ist auch klar, warum sie nicht erst noch Kaffee bei euch trinken wollten oder wenigstens auf dich und deine Mutter warten. Weil sie ihn nämlich im Kofferraum hatten, unter irgendeiner Decke oder so, und wegwollten, bevor jemand was merkt.«

»Hast du sie noch gesehen?«, fragt Paul.

»Ich bin gerade gekommen, als sie losfuhren«, antwortete Alex. »Silberner Toyota. Mann mit Glatze hinterm Lenkrad, seine Frau daneben und hinten auf der Rückbank ein Mädchen, das mir die Zunge rausgestreckt hat. Blöde Ziege! Blöd und gemein! Klaut die mit ihren Eltern einfach deinen Dusty!«

»Vielleicht hat sie ja gar nichts davon gewusst«, wendet Paul ein. »Dusty lag ja im Kofferraum! Aber eine Sache kapiere ich sowieso nicht. Warum? Warum haben sie Dusty geklaut?«

»Weil sie ihn wiederhaben wollten, ganz klar«, meint Alex. »So was gibt's. Leute, denen Jahre später einfällt, dass es ja doch ganz schön war mit einem Hund. Aber wahrscheinlich war das Ganze gar nicht geplant«, setzte sie dann noch hinzu, als wollte sie Annas Eltern plötzlich entschuldigen. »Es war *spon-tan*, verstehst du? Und die Eltern haben das gemacht, ohne dass Anna etwas davon wusste. Aber doof ist sie trotzdem! Sie hat mir echt die Zunge rausgestreckt, ich meine, das macht man doch nicht, oder?«

»Es gibt nur eine Möglichkeit«, sagt Paul, um schnell das Thema zu wechseln. »Wir müssen die Bilder aus der Kamera vom Supermarkt sehen. Nur dann können wir uns sicher sein, ob es wirklich Annas Eltern waren. Wenn ja, wissen wir ja, wo sie wohnen, und holen Dusty einfach zurück.«

»Und wenn nicht, haben wir wenigstens das Nummernschild vom Auto«, macht Alex weiter. »Und damit können wir dann noch mal zur Polizei. Dann müssen sie nämlich was machen!«

Paul und Alex klatschen sich ab. Aber im nächsten Moment fragt Paul: »Aber wie kommen wir an die Bilder?«

»Nachts einbrechen?«, fragt Alex zurück.

Paul schüttelt den Kopf. »Ich weiß nicht, da gibt es doch bestimmt eine Alarmanlage …«

»Mist«, stimmt ihm Alex zu. »Dann brauchen wir eine bessere Idee.« Sie zieht die Augenbrauen zusammen. Sie kratzt sich am Hinterkopf. Sie beißt sich auf den Daumennagel. »Ich glaube, ich weiß was!«, ruft sie endlich. »Wie spät ist es?«

Paul blickt auf sein Handy. »Fast sechs.«

»Nicht gut«, meint Alex. »Der Supermarkt macht um sieben zu, das reicht nicht. Dann müssen wir das morgen machen, gleich nach der Schule.«

»Aber was? Was machen wir dann?«, fragt Paul nervös.

»Trick 17«, erwidert Alex und legt sich verschwörerisch den Finger auf die Lippen. »Lass mich mal machen, wir kriegen das hin.«

»He, jetzt sag mir wenigstens …«, setzt Paul an.

Aber genau da ruft Peter von unten: »Los, Paul, wir sind fertig mit den Suchzetteln! Wir haben dreißig Stück ausgedruckt, die hängen wir jetzt an die Laternenpfähle und beim Supermarkt an die Eingangstür. Und in jeden Laden in der Straße!«

»Ich komme sofort!«, ruft Paul zurück. Er dreht

sich noch mal zu Alex: »Jetzt sag schon, was ist Trick 17?«

Aber Alex schüttelt wieder den Kopf. »Das erfährst du noch früh genug. Ich fahre jetzt mit Bella nach Hause und arbeite den Plan aus. Damit morgen nichts schiefgeht. Du kannst mir vertrauen, Paul! Ich weiß, was ich tue!«

Er hat keine Ahnung, was der große Graue gemacht hat. Aber plötzlich grunzt der Anführer der Wildschweine ganz komisch, anders als vorher, viel höher, fast so als würde er quieken. Dann dreht er sich um und trottet davon. Und die anderen folgen ihm in einer langen Reihe zurück durch den Bach und verschwinden wieder drüben im Wald.

Der Graue dreht sich zu ihm und stößt ihn mit der Schnauze an. Er weiß nicht, was er jetzt tun soll. Er wedelt mit dem Schwanz, um sich zu bedanken. Aber da knurrt der andere nur und schnappt nach ihm. Seine großen Zähne treffen direkt vor seiner Kehle mit einem klackenden Geräusch aufeinander.

Als er erschrocken weiter zurückweicht, ist der Graue mit einem Sprung neben ihm und schiebt ihn aus der Höhle. Er wagt es nicht, sich zu wehren, der andere ist zu groß und zu stark für ihn.

Jetzt schnappt der Graue ein paarmal nach seiner Seite und seinem Nacken. Als er ihm sogar ein Büschel Fell ausreißt, jault er vor Schreck auf und rennt ein paar Meter in den Regen hinaus. Aber seine Vorderpfote gehorcht ihm nicht, bei jedem Schritt ist der Schmerz so groß, dass er sie schnell hochzieht.

Auf drei Beinen hinkt er über die glatten Steine und schielt ängstlich zu dem Grauen hinüber. Der bellt kurz, als wollte er ihm etwas sagen, dann setzt er mit einem gewaltigen Sprung über die umgestürzte Kiefer neben der Höhle. Gleich darauf ist er nicht mehr zu sehen, als hätte die Dunkelheit ihn verschluckt.

Er hebt die Nase in den Wind und versucht vergeblich, einen Geruch aufzunehmen. Die Nässe um ihn herum überdeckt jede andere Spur, er riecht nur feuchtes Moos und feuchte Erde, den Schlamm vom Bachufer und das halb vermoderte Holz des Wurzelballens.

Das Gewitter ist weitergezogen, aber noch ist die Luft schwer und wie aufgeladen.

Über dem Bach liegt ein leichter Nebelschleier, der alle Umrisse verschwimmen lässt. Er schleppt sich zurück zur Höhle. Erst jetzt merkt er, dass er hungrig ist. Sein Magen fühlt sich an wie ein großes Loch. Und er hat Durst. Er streckt den Kopf vor und schleckt gierig ein bisschen Pfützenwasser auf. Es schmeckt gut und frisch, aber es stillt nicht den Hunger. Und das Stück Holz, das er hinten in der Höhle entdeckt und in kleine Krümel zerkaut, ist so faserig, dass er es kaum runterschlucken kann, ohne würgen zu müssen.

Lange liegt er mit offenen Augen und starrt in die Dunkelheit, während er immer wieder über seine schmerzende Pfote leckt. Er muss versuchen, nach Hause zu finden. Zurück zu Paul und seiner Familie. Bestimmt machen sie sich Sorgen und suchen ihn schon. Und Karlotta weint! Vielleicht weint auch Paul. Das macht er manchmal, wenn er glaubt, dass ihn niemand sieht. Dann geht er immer zu Paul und legt ihm die Schnauze aufs Knie. Bis Paul ihn streichelt und wieder aufhört zu weinen.

Für einen Moment muss er eingeschlafen sein. Er wird wieder wach, als er die Pizza riecht. Ganz kurz denkt er, dass er zu Hause ist. Und dass Paul sich zu seiner Decke geschlichen und ihm ein paar Pizzareste vom Abendessen in seinen Napf gelegt hat. Aber er ist nicht zu Hause. Und auch sein Napf ist nicht da. Nur ein Stück Pizza, das auf dem Felsen vor der Höhle liegt. Ein großes Stück Pizza, an dem noch die fettige Pappe des Kartons klebt, und das gut nach Käse und Wurst riecht.

Vorsichtig blickt er sich um. Er kann niemanden sehen. Der Mond steht hoch oben am Himmel und wirft sein fahles Licht über den Stamm der umgestürzten Kiefer und die Steine am Bach. Zwischen den Bäumen am anderen Ufer bewegt sich nichts. Alles ist still, nur das Wasser gurgelt und rauscht leise.

Immer noch vorsichtig kriecht er auf dem Bauch aus der Höhle. Dann streckt er den Kopf vor und fasst mit den Zähnen nach dem Pizzastück. Aber jetzt kann er nicht mehr länger warten und das Stück Pizza erst in die Höhle schleppen. Gierig schlingt er den Teig mit dem Käse und der Wurst hinunter. Und dann leckt er sich gerade noch mit der Zunge über die Schnauze, als der große Graue wieder über den Baumstamm gesprungen kommt. Wie ein schwarzer Schatten, der aus dem Nichts auftaucht und fast lautlos neben ihm landet.

Der Graue trägt irgendwas im Maul. Ein Kaninchen, das leblos hin und her baumelt. Jetzt legt er ihm das Kaninchen genau vor die Pfoten und schnappt ein paarmal mit den Zähnen, als wollte er ihm zeigen, was er tun soll.

Er schnuppert an dem Kaninchen. An einer Stelle im Nacken ist das Fell aufgerissen und aus der Wunde quillt Blut. Er leckt ein paar Tropfen ab, dann weicht er ein Stück zurück. Der große Graue knurrt und schiebt ihm das Kaninchen wieder vor die Pfoten. Erst als er den Kopf zur Seite dreht, kapiert der andere, dass er das Kaninchen nicht fressen will, und macht sich selber darüber her.

Er beobachtet ihn, wie er mit den langen Vorderzähnen das Fell weiter aufreißt, während er das blutige Fleisch hinunterschlingt. Es dauert nicht lange und es ist nichts weiter übrig als ein paar Fellreste und der Kopf des Kaninchens. Jetzt setzt sich der Graue auf die Hinterpfoten und hebt den Kopf zum Himmel. Für einen Moment bleibt er ganz still, dann macht er ganz langsam die Schnauze auf und heult den Mond an. Mit einem lang gezogenen, klagenden Geheul, als würde er dem Mond etwas erzählen wollen.

Er weiß nicht, warum der große Graue so heult. Aber er spürt, wie sich sein eigenes Nackenfell aufrichtet. Und wie ihn irgendetwas dazu drängt, dichter an den anderen heranzukriechen. Bis er fast neben ihm ist und sich ebenfalls auf die Hinterpfoten hockt. Und dann streckt er den Kopf empor und öffnet die Schnauze. Es ist, als ob er gar nichts weiter tun muss, als ob das Geheul, das er jetzt ausstößt, von ganz alleine aus seiner Kehle kommt. Aber er ruft nicht den Mond, er ruft nach Paul. Damit Paul endlich kommt und ihn holt.

5. Kapitel

Sie sind fast zwei Stunden durch die Straßen gelaufen, um ihre Zettel aufzuhängen. Paul und Pauls Vater und Karlotta, die unbedingt mit dabei sein wollte. Simone ist zu Hause geblieben, falls schon jemand anrufen würde, der Dusty vielleicht gesehen hatte. Damit sie dann sofort ins Auto springen und Paul und seinen Vater und Karlotta holen könnte, um loszufahren.

Auf den Zetteln ist ein schönes Foto von Dusty, und gleich obendrüber steht in Großbuchstaben: BELOHNUNG!

Das mit der Belohnung war Simones Idee. »Dann gucken die Leute wenigstens hin und lesen sich durch, worum es geht«, hat sie erklärt.

Den Text von Karlotta haben sie allerdings doch noch ein bisschen verändert, jetzt steht da nur, dass Dusty am Supermarkt verschwunden ist und dass sie jeden, der ihn gesehen hat, bitten, sich sofort bei ihnen zu melden.

Tatsächlich hat auch schon nach kurzer Zeit

Peters Handy geklingelt. Und es war auch wirklich jemand dran, der Dusty gesehen hatte. Nur hat sich dann schnell herausgestellt, dass irgendwas nicht ganz stimmt.

»Und es ist unser Hund gewesen? Sind Sie sich sicher?«, hat Peter gefragt und das Handy auf laut gestellt, damit Paul und Karlotta mithören konnten.

»Aber hundert pro«, hat eine Männerstimme geantwortet. »Genau wie auf Ihrem Zettel beschrieben ist: langes Fell und schwarz-weiß-braun. Der ist hier rumgerannt. Hat mir einen ganz schönen Schrecken eingejagt, als er so auf mich zugaloppiert kam. Ich meine, so ein Riesenvieh sieht man ja auch nicht alle Tage. Was wiegt er denn? Mindestens so viel wie ein erwachsener Mann, oder? Siebzig Kilo oder noch mehr? Wenn Sie mit dem in den Urlaub fahren, brauchen Sie wohl extra einen Anhänger, was?«

»Äh …«, hat Peter gestammelt. »Entschuldigung, aber … Wie groß war der Hund, haben Sie gesagt?«

»Wie ein Kalb, nur dicker. Ging mir ungefähr bis zum Bauchnabel. Und ich bin nicht der Kleinste, das dürfen Sie mir glauben. Außerdem hat er gesabbert, Ihr Hund! Hat mir die ganze Hose eingesaut, alles voll Spucke. Da können Sie mir mal gleich noch die Reinigung bezahlen.«

»Dusty sabbert überhaupt nicht!«, hat Karlotta dazwischengerufen.

»Meine Tochter hat recht«, hat Peter erklärt. »Ich fürchte, das muss ein ganz anderer Hund gewesen sein. Vielleicht ein Bernhardiner oder so was. Die sind so groß, und sabbern tun sie auch.«

»Und die Belohnung?«, hat der Mann trotzdem noch gefragt. »Und die Reinigung für meine Hose?«

»Tut mir leid«, hat Peter gereizt geantwortet. »Aber es war nicht unser Hund, verstehen Sie?« Und dann hat er schnell die Verbindung unterbrochen und sich an die Stirn getippt.

Also sind sie weitergelaufen und haben noch mehr Zettel an die Laternenpfähle geklebt. Und an einen Bauzaun, einen Briefkasten und die Zettelwand beim Bäcker. Wo die Leute alles Mögliche suchen oder verkaufen wollen. Außerdem noch an die Eingangstüren vom Friseur, vom Fischgeschäft und vom Fleischerladen.

Dann hat Simone angerufen und wollte wissen, ob schon jemand angerufen hat.

»Nur ein Typ, der einen Border Collie nicht von einem Bernhardiner unterscheiden kann«, hat

Peter erzählt. Und dann sind sie wieder nach Hause gelaufen. Und Paul ist schnell auf sein Zimmer gerannt, damit die anderen nicht sehen, dass er weinen musste.

Bis unten das Telefon geklingelt hat und Anna dran war. Die unbedingt mit Paul sprechen wollte!

»Ja?«, hat Paul in den Hörer geknurrt. Weil er dachte, je genervter er klingt, umso weniger würde Anna auf die Idee kommen, dass er gerade eben noch geheult hatte. Und weil es ja außerdem immer noch möglich war, dass Dusty von Annas Eltern geklaut worden war. Aber vielleicht war es auch genau das, was ihm Anna jetzt erzählen wollte! Dass sie rausgefunden hatte, was ihre Eltern getan hatten. Oder dass sie sogar selber die Idee gehabt hatte, Dusty zu klauen …

»Ich muss dir was sagen«, hat Anna angefangen. »Es tut mir echt leid und ich will mich entschuldigen. Es war gar nicht so gemeint, es war nur …«

»Was?«, hat Paul empört gerufen und gemerkt, wie er sauer wurde. Und gleichzeitig total erleichtert, weil Dusty dann wenigstens in Sicherheit war.

Es stimmte also! Und jetzt wollte Anna ihm alles erklären. Aber so einfach ging das nun auch nicht. »Was soll das heißen, dass es nicht so gemeint war? Ihr habt Dusty immerhin geklaut!«

»Waaas?« Anna hat so laut gekreischt, dass am anderen Ende der Leitung Paul erschrocken den Hörer ein Stück von seinem Ohr weggehalten hat. »Bist du verrückt geworden? Sag das noch mal!«

»Wieso? Was denn? Es war doch so, deshalb rufst du doch an, um mir alles zu erklären. Aber wir haben es schon selber rausgekriegt, wir sind nämlich nicht doof. Dumm gelaufen für euch! Vielleicht hätten deine Eltern Dusty nicht unbedingt mit ihrem Toyota entführen sollen, das war ziemlich bescheuert. Genauso bescheuert wie deine Nummer, als du so getan hast, als würde dich nur Paulchen interessieren. Ich habe echt erst geglaubt, dass dir völlig egal ist, was mit Dusty passiert ist. Bis ich's kapiert habe: Du hast dir null Sorgen gemacht, weil du ja wusstest, wo er ist! Nämlich bei deinen Eltern im Auto …«

Paul hat immer weitergeredet. Und gar nicht gemerkt, dass Anna nichts mehr gesagt hat. Bis er ihr Schluchzen gehört hat. Und irgendwie hat er plötzlich gedacht, dass er sich vielleicht doch geirrt hatte. Und dass Anna jetzt weinte, weil es total fies war, was er ihr vorgeworfen hatte.

»Hör wieder auf, Paul, ja?«, hat Anna geschluchzt.

»Und warum?«, hat Paul erwidert. Obwohl er da

schon ziemlich genau wusste, dass Anna doch nichts mit Dustys Verschwinden zu tun hatte.

Genau so hat sie es dann auch gesagt: »Ich habe nichts damit zu tun, dass Dusty weg ist. Und wenn du das wirklich geglaubt hast, dann … dann …«, hat Anna gestottert. »Dann bist du fies und gemein und ich will dich nicht wiedersehen.«

»Das heißt … Dusty ist nicht bei euch?«, hat Paul noch mal nachgefragt. »Wirklich nicht? Ich meine, ihr habt ihn nicht …«

»Neiiin, du Idiot, hör doch endlich auf, immer wieder solchen Blödsinn zu reden!« Annas Stimme klang gar nicht sauer. Eher so, als wäre sie total enttäuscht von Paul. Aber das war noch viel schlimmer, als wenn sie wütend gewesen wäre!

»He, jetzt warte mal«, hat Paul schnell gesagt. »Okay, es tut mir leid, was ich gesagt habe, aber wieso warst du dann so komisch? Als ob dir Dusty völlig egal wäre und dich nur Paulchen interessieren würde und …«

»Mann, Paul, kapierst du es denn überhaupt nicht? Ich war total fertig, dass Dusty weg ist. Und ich habe immer noch furchtbar viel Angst um ihn! Aber wenn ich das gesagt hätte, dann hätte ich die ganze Zeit bei euch nur geheult, verstehst du? Und das wollte ich nicht, auch wegen deiner Schwester, damit sie nicht noch mehr Panik kriegt. So, jetzt weißt du es.«

Und dann hat Paul so ziemlich die dämlichste Frage von allen gestellt. Er wusste selber, dass es dämlich war, aber es ist ihm einfach so rausgerutscht: »Und warum haben deine Eltern einen silbernen Toyota?«, hat er gefragt. Als ob das noch irgendeinen Sinn machen würde! Es war doch bereits klar, dass Anna und ihre Eltern Dusty nicht geklaut hatten …

Aber da hatte Anna sowieso schon aufgelegt.

Ein bisschen später hat dann noch mal das Telefon geklingelt. Es war wieder ein Mann, der behauptete, dass er Dusty gesehen hätte. Aber diesmal schien es jemand zu sein, der nicht nur irgendwelchen Unsinn erzählte. Der Mann war Lieferwagenfahrer. Und er konnte sich ganz deutlich daran erinnern, dass er auf der Landstraße an einem Parkplatz vorbeigekommen war, auf dem ein Auto gestanden hatte. Mit zwei Leuten, einem Mann und einer Frau.

»Es ist mir nur aufgefallen, weil die Leute hinter einem Hund hergerannt sind«, hat der Lieferwagenfahrer erzählt. »Hinter einem Border Collie, genau wie der auf dem Foto, das hier an jedem Laternenpfahl hängt. Ich habe mich noch gewundert, dass der Hund weggelaufen ist. Aber dann habe ich gedacht, dass er vielleicht eine Spur von einem Hasen oder einem Reh hatte, weil er auch gleich in den Wald hinterm Parkplatz gerannt ist. Das Nummernschild von dem Auto habe ich mir nicht gemerkt, aber es war ein silberner Toyota, das weiß ich genau. Hilft Ihnen das weiter?«

Weshalb dann doch wieder alles durcheinander war. Denn schließlich *hatten* Annas Eltern ja einen silbernen Toyota! Klar, dass Paul das seinen Eltern jetzt auch erzählen musste. Es ging ja gar nicht anders, völlig egal, was Anna behauptet hatte. Auch wenn Paul ihr eigentlich glauben wollte, aber das Ganze war viel zu auffällig, um nur ein Zufall zu sein.

»Interessant«, hat Peter gesagt.

»Völliger Blödsinn«, hat Simone gemeint.

»Ich habe Anna und ihre Eltern sowieso noch nie gemocht!«, hat Karlotta gerufen.

»*Worum geht's?*«, hat Paulchen aufgeregt gebellt. »*Ich kapiere überhaupt nichts mehr.*«

»Ich auch nicht«, hat Paul gesagt.

Sie haben lange überlegt, was sie jetzt tun sollen. Und dann hat Peter Bratkartoffeln gemacht. Mit Spiegelei. Weil sie ja keine Fischstäbchen hatten. Aber es hatte sowieso keiner von ihnen Hunger.

Stattdessen haben sie immer wieder zum Telefon geschielt, als würden sie hoffen, dass noch jemand anruft. Und am besten jemand, der Dusty bei sich zu Hause im Wohnzimmer sitzen hatte und ihnen nur schnell sagen wollte, wo sie ihren Hund abholen konnten. Oder noch besser: Dusty würde selber anrufen und so was sagen wie: »*Macht euch keine Sorgen mehr, ich bin gleich um die Ecke, in fünf Minuten stehe ich bei euch vor der Tür. Stellt mir schon mal mein Fressen hin! Aber bitte die doppelte Portion, ich habe nämlich Hunger!*«

Aber natürlich hat Dusty nicht angerufen. Und auch sonst niemand.

Paul wollte am liebsten loslaufen und Dusty suchen. Zu Fuß war es zu weit bis zu dem Parkplatz, von dem der Lieferwagenfahrer gesprochen hatte. Und Peter und Simone haben nur den Kopf geschüttelt, als er gefragt hat, ob sie ihn mit dem Auto hinbringen.

»Du kannst doch nicht mitten in der Nacht durch den Wald laufen«, hat Peter erklärt. »Das bringt nichts, wo willst du denn da überhaupt anfangen zu suchen?

»Peter hat recht«, hat Simone behauptet. »Wahrscheinlich ist Dusty längst ganz woanders. Heute Nacht können wir jedenfalls gar nichts mehr machen. Wir können nur abwarten und hoffen, dass er vielleicht von ganz alleine zurückfindet. Hunde haben so was wie einen sechsten Sinn, die können Sachen, das würden wir nie hinkriegen.«

Paul war klar, dass Simone das natürlich wieder nur gesagt hat, um ihn zu trösten. Sie hatten es sich ja auf der Straßenkarte angesehen, der Parkplatz war fast dreißig Kilometer von ihrem Haus entfernt. Dreißig Kilometer! Und dann auch noch mit einer Autobahn dazwischen! Und mit einer Eisenbahnstrecke und einem Wald, der so groß war wie ihre ganze Stadt. Keine Chance für Dusty, da alleine nach Hause zu finden.

Das ist dann auch der Grund, warum Paul sich dann heimlich ein paar dicke Sachen in seinen Rucksack packt. Und mit Jeans und Pullover ins Bett geht! Als seine Mutter ins Zimmer kommt, um ihm Gute Nacht zu sagen, tut er so, als würde er schon tief und fest schlafen. Simone streicht ihm noch ein paarmal über die Haare und drückt ihm einen Kuss auf die Stirn. »Schlaf schön, mein Kleiner«, flüstert sie. »Alles wird gut. Wir finden Dusty wieder, versprochen.«

Paul wartet, bis Simone die Tür hinter sich zumacht und die Treppe runterläuft. Dann steht er ganz leise wieder auf, zieht seine Turnschuhe an und macht das Fenster auf. Als er den Rucksack nach unten auf den Rasen wirft, fängt er fast wieder an zu weinen. Weil er sich in der dunklen Nacht so einsam und alleine vorkommt. Und weil er natürlich ganz genau weiß, dass er gerade etwas Verbotenes macht. Aber er muss es tun. Weil er Dusty finden muss. Dusty ist sein bester Freund. Und er kann nicht einfach zu Hause im warmen Bett liegen, während Dusty irgendwo verzweifelt auf ihn wartet!

Paul klettert vorsichtig aufs Fensterbrett. Und dann an der Dachrinne nach unten. Und er ist gerade mit seinem Rucksack bis zum Schuppen geschlichen, um sein Fahrrad zu holen, als plötzlich der Mann aus der Dunkelheit auftaucht und ihm den Weg versperrt.

Paul erschrickt so, dass er sich fast in die Hose pinkelt. Und er zittert immer noch, als der Mann ihm den Arm um die Schultern legt und ihn ganz fest an sich zieht. Obwohl er da natürlich schon weiß, wer der Mann ist. Und dass Simone nicht auf seinen Trick reingefallen ist, als er so getan hat, als ob er schon schlafen würde. Sondern Peter nach draußen geschickt hat, um aufzupassen, dass Paul nicht etwa auf die Idee kommt, sein Fahrrad zu nehmen und Dusty zu suchen.

Danach sitzt er noch lange mit seinen Eltern auf dem Sofa. Und trinkt abwechselnd heißen Pfefferminztee und weint. Obwohl er auch ein bisschen froh ist, dass seine Eltern ihn erwischt haben und er nicht alleine draußen in der Dunkelheit sein muss.

Simone und Peter reden mit ihm wie mit einem Erwachsenen. Dass sie am nächsten Tag auch noch bei der Zeitung anrufen werden, damit die ein Bild von Dusty veröffentlichen. Und sie versprechen, dass sie natürlich mit Paul zu diesem Wald fahren, um Dusty zu suchen.

Schließlich ist Paul so müde, dass er fast im Sitzen einschläft und sein Vater ihn die Treppe zu seinem Zimmer hochtragen muss. Als ob er noch ein kleines Kind wäre!

Und als er dann in seinem Bett liegt, träumt er völlig wirres Zeug zusammen. Von Dusty, der versucht, über die Autobahn zu kommen. Und der gerade eine Lücke zwischen zwei Lastwagen gesehen hat und losrennt, als ein Porsche angerast kommt. Und der Porsche ist natürlich viel zu schnell und …

Mit einem Angstschrei wacht Paul auf. Danach wirft er sich in seinem Bett hin und her und starrt zum Fenster raus. Ein paar dunkle Wolken ziehen vor dem Mond vorüber. Bestimmt guckt auch Dusty gerade zum Mond hinauf, denkt Paul. »Dusty«, flüstert er. »Sei mir nicht böse, dass ich nicht besser auf dich aufgepasst habe. Aber ich komme und hole dich!«

Es ist so kalt, dass er zittert. Und seine Pfote schmerzt. Er drückt sich ganz dicht an den großen Grauen. Und er spürt deutlich, wie der Graue anfängt, mit seiner rauen Zunge über die Wunde an seiner Pfote zu lecken. Immer weiter, bis der Schmerz langsam weniger wird.

Irgendwann muss er eingeschlafen sein. Als er aufwacht, ist der Graue verschwunden. Auf dem Felsen vor der Höhle liegt eine Maus. Er schnuppert an dem Blut, das an ihrem Fell klebt. Dann schlingt er die Maus mit einem Bissen hinunter, er hat so viel Hunger, dass er sogar den Stein ableckt, auf dem noch ein paar blutige Fellreste kleben.

Dann wartet er. Aber der große Graue kommt nicht zurück. Als die ersten Sonnenstrahlen zwischen den Bäumen aufleuchten, streckt er sich, um die von der Kälte steif gewordenen Muskeln unter dem Fell aufzuwärmen. Der Schmerz in seiner Pfote hat nachgelassen, er kann die Pfote aufsetzen, ohne zu hinken.

Noch einmal hebt er die Nase, aber er kann den Grauen nicht wittern. Aus der Ferne trägt der Wind ein peitschendes Geräusch zu ihm. Wie einen schar-

fen Knall. Er dreht den Kopf und spitzt die Ohren. Als wieder ein Schuss durch den Wald schallt, läuft er los. Immer dicht am Ufer des Bachlaufs entlang, bis der Boden morastiger wird und er ein paarmal mit den Pfoten tief einsinkt. Aus dem schwarzen Schlamm unter ihm steigen stinkende Blasen auf, er achtet jetzt darauf, von Grasbüschel zu Grasbüschel zu springen, ohne in einer der Pfützen zu landen.

Als er endlich wieder festen Boden unter den Pfoten hat, bleibt er hechelnd stehen. Vor ihm ist wieder dichter Wald, aber das auf- und abschwellende Dröhnen, das der Wind zu ihm herüberträgt, muss von einer Straße kommen. Einer großen Straße, auf der viele Autos fahren. Er weiß, dass Straßen immer zu irgendwelchen Häusern führen. Und wo Häuser sind, sind auch Menschen! Da muss er hin, dann wird er auch Paul wiederfinden.

Er zwängt sich durch ein Brombeergestrüpp, die dornigen Ranken zerren an seinem Fell. Plötzlich fliegt direkt vor ihm ein Fasan hoch, gleich darauf peitscht wieder ein Schuss. Jetzt kann er auch die Menschen riechen, die hier irgendwo im Wald sind. Als er ihre Stimmen hört, jault und bellt er vor Freude. Aber dann ist er gerade erst ein paar Meter zwischen den Bäumen hindurchgerannt, als ihn ein neuer Schuss jäh stoppen lässt. Die Kugel zerfetzt den Baumstamm dicht neben ihm, Rindenstücke prasseln auf den Boden. Er drückt sich flach zwischen die hohen Farnwedel und kriecht weg von den Stimmen, die jetzt laut rufen: »Ich glaube, du hast ihn erwischt! Irgendwo da vorne muss er sein. Wenn er verletzt ist, kommt er nicht weit, dann kriegen wir ihn!«

Erst als er wieder an dem Brombeergestrüpp ist, springt er auf und rennt in einem großen Bogen weiter. Immer in die Richtung, in der die Straße ist. Noch einmal peitscht eine Kugel an ihm vorbei, dann hört er nur noch das Dröhnen der Autos. Er kann sie schon hinter den Bäumen vorbeijagen sehen, Auto an Auto, eine endlose Kolonne, ohne eine Lücke dazwischen.

6. Kapitel

Als Paul am nächsten Morgen ein bisschen zu spät zur Schule kommt, weiß schon die ganze Klasse Bescheid. Alle tuscheln und werfen ihm neugierige Blicke zu, als er reinkommt. Und Alex hat offensichtlich auch der Lehrerin erzählt, was passiert ist. Jedenfalls schimpft sie nicht, dass Paul zu spät kommt, sondern will nur wissen, ob es schon etwas Neues von Dusty gibt.

»Nee«, antwortet Paul, während er mutlos seinen Rucksack abstreift und sich auf seinen Platz setzt. »Nichts. Er ist immer noch verschwunden. Ich bin eben extra noch mal am Wald rum und bis zur Landstraße gefahren und habe Zettel mit seinem Foto aufgehängt, vielleicht hat ihn da ja jemand gesehen.«

»Hast du noch so einen Zettel?«, fragt die Lehrerin.

Paul nickt.

»Dann gib ihn mir mal. Ich mache in der Pause einen Stapel Kopien und jeder in der Klasse nimmt ein paar mit. Die hängt ihr dann bei euch in der Straße und in jedem Laden auf, irgendjemand muss Dusty ja gesehen haben.«

»Wenn er echt geklaut worden ist, siehst du ihn nie wieder«, erklärt Lukas. »Weil er dann nämlich gar nicht mehr hier in der Stadt ist. Sondern in Berlin oder in Russland.«

»Ich glaube, dass er es schaffen würde, abzuhauen«, sagt Paul. »Er ist schlau! Und wenn er noch nicht zu weit weg ist, findet er auch alleine nach Hause zurück.«

Er sagt es eher, um sich selber Mut zu machen. Aber Lukas meint sofort: »Das schafft er nie. Spätestens wenn er über die Autobahn will, ist er platt. Ich habe schon mal einen Hund gesehen, der voll in einen Lastwagen gerannt ist und …«

»Lukas!«, stoppt ihn die Lehrerin. »Hört sofort auf, hier irgendwelche Horrorgeschichten zu erzählen!«

Aber es ist schon zu spät. Trixi ist die Erste die anfängt zu weinen. Und dann schluchzen auch noch ein paar andere. Und Kemal sagt: »Oder er wird von einem Wolf gefressen! Stand heute Morgen nämlich in der Zeitung, dass es wieder Wölfe gibt. Gar nicht weit weg von hier. Und die sind voll gefährlich und fressen alles.«

Die Lehrerin braucht jedenfalls ziemlich lange, bis sie überhaupt mit dem Unterricht anfangen kann. Aber Paul interessiert sich nicht dafür, dass der Rhein der längste Fluss in Deutschland ist. Sogar noch länger als die Elbe. Und dass man mit einem Frachtkahn auf dem Mittellandkanal vom Rhein bis zur Elbe fahren kann. Oder von der Elbe zum Rhein. Und natürlich auch mit einem Paddelboot. Paul hört nur ganz kurz zu, als die Lehrerin erzählt, dass der Mittellandkanal an einer Stelle sogar mit einer Brücke über die Autobahn führt. Also nicht die Autobahn über den Kanal, sondern der Kanal über die Autobahn. Die Lehrerin zeigt ihnen auch Fotos davon. Unten fahren die Autos und oben tuckert ein Frachtkahn über die Brücke. Aber wegen der Autobahn muss Paul auch gleich wieder an Dusty denken. Und das ist gar nicht gut. Dusty ja keine Ahnung, wo der Mittellandkanal ist, und deshalb kann er auch die Brücke über die Autobahn nicht finden …

»Paul!«, flüstert Alex und stößt ihn mit dem Ellbogen an. »Alles okay?«

»Geht so«, flüstert Paul zurück.

»Trick 17!«, kommt es prompt von Alex. »In der Pause!«

Paul kapiert wieder gar nichts. Aber er muss

Alex ja auch unbedingt noch erzählen, dass sie sich geirrt haben, denkt er. Dass Anna nichts damit zu tun hat. Obwohl der Lieferwagenfahrer einen Toyota gesehen hat. Einen silbernen Toyota. Genau so einen, wie ihn Annas Eltern haben. Was aber trotzdem nur ein Zufall sein kann. Weil es massenhaft silberne Toyotas gibt. Allein auf dem Weg zur Schule hat Paul vier Stück gesehen!

Für einen Moment denkt er wieder darüber nach, wie blöd es ist, dass sich Alex und Anna nicht mögen. Wahrscheinlich ist das der einzige Grund, weshalb Alex behauptet, Anna hätte etwas mit Dustys Verschwinden zu tun. Ziemlich fies Anna gegenüber, denkt er. Und auch ziemlich fies von ihm selber, dass er Alex sofort geglaubt hat.

Bei dem nächsten Gedanken, der ihm durch den Kopf schießt, merkt er, wie ihm eine Gänsehaut über den Rücken läuft. Unauffällig schielt er zu Alex hinüber. Aber das kann nicht sein, das passt alles nicht! Er zwingt sich, noch mal in aller Ruhe zu überlegen. Alex hat gewusst, dass Anna ihn besuchen will. Und Alex war sauer! Dann hat sie ihn im Supermarkt abgepasst. Immer wenn er mit den dämlichen Fischstäbchen zur Kasse wollte, hat sie irgendwas Neues erzählt, um ihn aufzuhalten. Oder ihm eine Frage gestellt oder so was. Er hat es gar nicht richtig mitgekriegt, aber jetzt kommt es ihm doch reichlich merkwürdig vor. Es scheint klar zu sein, dass Alex ihn ablenken wollte. Bis sie sich sicher sein konnte, dass Dusty verschwunden war!

Er schielt wieder zu Alex. Alex tut so, als würde sie sich auf der Karte in ihrem Atlas den Weg vom Rhein zur Elbe ansehen. Aber noch mal legt sie Paul nicht rein. Er weiß jetzt Bescheid! Sie wollte Anna eins auswischen und war es selber, die Dusty entführt hat. Oder die zumindest den Plan dafür gemacht hat. Und während sie Paul im Supermarkt zugetextet hat, ist irgendjemand draußen zu Dusty hin und hat ihn mitgenommen. Irgendjemand, den Alex vorher angerufen hatte. Ein Kom-pli-ze. Aber wer? Irgendjemand aus ihrer Klasse? Lukas vielleicht, das könnte sein. Dusty kennt Lukas. Es wäre nicht besonders schwierig für Lukas gewesen, mit Dusty abzuhauen. Dusty hätte sich erst mal nur gefreut, dass jemand mit ihm spielt …

Und das heißt, dass Dusty jetzt wahrscheinlich bei Alex zu Hause ist, denkt Paul. Alex zieht hier nur irgendeine Show für ihn ab, damit er weiterhin glaubt, dass Anna die Böse ist. Und es gibt gar keinen »Trick 17«, und Lukas mag ihn sowieso nicht und lacht sich jetzt halb kaputt über ihn, dass er so doof ist, und überhaupt sind alle fies und gemein und Alex ist am gemeinsten von allen. Und Dusty ist weg …

Und bevor es Paul überhaupt so richtig merkt, laufen ihm schon wieder die Tränen übers Gesicht und er schluchzt laut auf. Zum Glück kriegt es keiner weiter mit, weil es im gleichen Moment klingelt und alle aufspringen, um rauszurennen.

Nur Alex bleibt bei ihm.

»He«, sagt sie leise und legt Paul ganz kurz die Hand auf den Arm. »Hör zu! Ich habe mir alles genau überlegt. Die beste Spur, die wir haben, sind die Bilder von der Kamera im Supermarkt. Wenn wir die sehen, wissen wir Bescheid. Aber dazu müssen wir in das Büro vom Filialleiter, weil da der Monitor ist. Erst mal darf der Filialleiter also nicht in seinem Büro sein.« Alex nimmt ihre Finger zu Hilfe, um aufzuzählen, was sie machen müssen. »Und er darf die Tür nicht hinter sich zuschließen, das ist ganz wichtig. Aber wir beide können da nicht rein, das wäre viel zu auffällig, wenn uns jemand sieht. Also brauchen wir Hilfe, und zwar von jemandem aus dem Supermarkt, kapierst du? Es muss jemand sein, der da arbeitet. Da kennen wir aber keinen außer dem Typen aus der Zwölften, der nachmittags im Lager hilft. Und der Typ ist ein Problem, das ist ja wohl klar. Erstens ist er nicht der Hellste, und zweitens wird er keine große Lust haben, uns zu helfen. Und deshalb brauchen wir etwas, womit wir ihn überzeugen können! Los, komm!« Alex streckt die Hand aus, um Paul mit sich zu ziehen. »Wir müssen uns beeilen, sonst haut er wieder ab. Ich hab ihn in die Ecke an der Turnhalle bestellt, damit uns keiner sieht. Und ich wette, er ist schon da!«

Er duckt sich hinter die Leitplanke. Jedes Mal, wenn ein Auto vorüberrast, zerrt der Luftzug an seinem Fell. Und die Auspuffabgase beißen in seiner Nase, sodass er niesen muss. Das Dröhnen der Motoren macht ihm Angst, so nah war er noch nie an einer Autobahn. Er kann spüren, wie der Boden unter ihm zittert, wenn sich ein Lkw nähert. Als eine gellende Hupe ertönt, erschrickt er sich so, dass er zurückspringt und die Böschung hinunterrollt.

Da ist ein Trampelpfad, den er vorher nicht beachtet hat. In dem Matsch sind tiefe Abdrücke, wie von Tierhufen. Er drückt die Schnauze auf die Spur, um die Witterung aufzunehmen. Aber er kann den Geruch nicht erkennen, er hat immer noch die stinkenden Abgase in der Nase.

Er folgt der Spur ein Stück, bis plötzlich links von ihm zwischen den Büschen an der Böschung eine dunkle Öffnung auftaucht. Kreisrund und so hoch, dass der obere Rand weit über seinem Kopf ist. Ein Rohr, das unter der Autobahn hindurchführt! Auf der anderen Seite kann er schwaches Licht sehen. Und wieder Baumstämme.

Vorsichtig setzt er eine Pfote in das Rohr. Auch

hier ist der Boden schlammig, aber er kann den kalten Beton unter dem Matsch spüren. Wieder sieht er deutlich die Abdrücke von irgendwelchen Tieren, die vor ihm hier waren. An den Seitenwänden tropft Wasser herunter, der Lärm von der Autobahn über ihm klingt jetzt anders, dumpf und noch bedrohlicher.

Erst als er schon in der Mitte des Abwasserrohrs ist, erkennt er den Geruch der Tierspuren. Unwillkürlich stellt sich sein Nackenfell auf, mit gespitzten Ohren läuft er weiter. Er rechnet jeden Moment damit, dass sie vor oder hinter ihm auftauchen. Aber er hat Glück, er kommt bis zur anderen Seite, ohne die Wildschweine zu treffen.

Hastig läuft er an den Stellen vorbei, an denen sie nach Würmern gesucht und mit ihren Rüsselschnauzen die Erde aufgewühlt haben. Aber er wagt sich nicht weiter in den Wald hinein, sondern folgt jetzt einer holprigen Fahrspur, die erst noch ein Stück neben der Autobahn entlangführt, bevor sie plötzlich an einem Holzstapel endet. An einem Holzstapel, vor dem ein Trecker steht.

Er umrundet den Trecker und pinkelt an den linken Hinterreifen. Der Motor des Treckers ist warm, er kann die Hitze durch sein Fell hindurch spüren. Und es riecht stark nach heißem Öl. Und nach

Mensch. Aber er kann niemanden sehen. Gleich darauf hat er noch einen anderen Geruch in der Nase. Er legt den Kopf schief und wittert, bis er weiß, wo der Geruch herkommt.

Es ist nicht leicht, bis zu dem Sitz des Treckers zu gelangen. Er muss auf die Trittstufe springen und sich dann mit den Vorderpfoten hochziehen. Beim ersten Mal rutscht er ab, dann versucht er es noch mal mit mehr Anlauf und springt gleich bis ganz nach oben, zwischen die Pedale vor dem Sitz. Er quetscht sich unter dem Lenkrad hindurch und will gerade die Schnauze vorstrecken, als er ein lautes Kreischen hört. Viel lauter noch als der Motorenlärm von der Autobahn. Als er sich umblickt, steht ein Mann an dem Holzstapel. Ein Mann mit einer Motorsäge, die sich kreischend in einen der Stämme frisst.

Ohne lange zu überlegen, schnappt er sich das Wurstbrot von der Sitzfläche und springt wieder nach unten. Aber genau in dem Moment, in dem er hinter dem Mann vorbeiwill, setzt der die Motorsäge ab und dreht sich um.

7. Kapitel

Fünf Minuten später weiß Paul, dass er sich wieder völligen Blödsinn zusammengereimt hat. Mit Alex und Lukas, und dass Alex ihn im Supermarkt nur abgelenkt hat, damit Lukas genug Zeit hatte, um Dusty mitzunehmen. Weil Alex wollte, dass der Verdacht auf Anna fällt. Damit Paul nie wieder mit Anna redet und Alex nicht mehr eifersüchtig zu sein braucht.

Alles Blödsinn! Bescheuert, ballaballa, voll daneben. Paul weiß selber nicht, was mit ihm los ist. Doch, natürlich weiß er es. Er hat Angst um Dusty! Er macht sich Vorwürfe, dass er an allem schuld ist, weil er Dusty viel zu lang alleine vorm Supermarkt gelassen hat. Weil er ihn überhaupt mitgenommen und da angebunden hat. Und er dreht langsam durch, wenn er Dusty nicht bald wiederfindet.

Im Moment hofft er nur, dass Alex' Plan funktioniert. Weil es der einzige Plan ist, den sie überhaupt haben. Und es ist völlig egal, wie verrückt der Plan vielleicht ist, sie müssen es einfach versuchen! Er und Alex. Seine beste Freundin, die er völlig zu Unrecht verdächtigt hat, wie er inzwischen weiß. Weil sie Anna zwar richtig doof findet, aber nie irgendetwas tun würde, was Dusty schadet. Und sie würde auch Paul nicht reinlegen, nicht mit so was jedenfalls. Bei irgendwelchen Kleinigkeiten ist er sich nicht so sicher, da trickst Alex manchmal ganz schön rum. Aber wenn es um etwas wirklich Wichtiges geht, kann er sich auf sie verlassen. Hundertpro!

Der Typ aus dem Supermarkt, den sie für ihren Trick 17 brauchen, heißt Fabian. Das hat Alex irgendwie rausgekriegt. Genauso wie sie rausgekriegt hat, dass Fabian einen gewissen Tom absolut super findet. Und dass Tom aber nichts von Fabian wissen will. Während Paul diesen Tom wiederum ganz gut kennt. Sehr gut sogar! Was jetzt ihre einzige Chance ist, um Supermarkt-Fabian zu überreden, dass er ihnen helfen soll …

Er steht tatsächlich hinter der Ecke von der Turnhalle. Und als er Alex und Paul sieht, starrt er sie an, als hätte er zwei Außerirdische vor sich. Zwei Außerirdische mit grünen Antennen auf dem Kopf oder so was.

»Hä? Was macht ihr denn hier?« Er zeigt mit

dem Finger auf Alex. Und er ist sauer, das ist deutlich. »Du hast doch behauptet, Tom würde was von mir wollen. Aber keiner von euch ist Tom.« Fabian tippt sich an die Stirn und will sich umdrehen, um wieder zurück zu seinen Kumpels auf den Pausenhof zu gehen. Bevor die mitkriegen, dass er mit zwei Leuten von den »Kleinen« redet.

»Ich bin ein Freund von Tom«, sagt Paul schnell. Jetzt kommt es darauf an, dass Fabian neugierig genug ist, um überhaupt erst mal zuzuhören.

»Haha«, macht Fabian. »Vor allen Dingen! Laber doch nicht, ich kenne dich. Du bist der Zwerg von gestern, aus dem Supermarkt, der mit dem Hund, der weg ist.«

»Super«, erwidert Paul und ist jetzt ganz cool. »Jetzt müsstest du dich nur noch daran erinnern, dass der Hund nicht irgendein Hund ist. Sondern schon mal ein langer Artikel über ihn in der Zeitung war, mit Foto. Ist noch gar nicht so lange her. Und es hatte was mit Tom zu tun. Na, dämmert's langsam?«

»Kapier ich nicht«, erklärt Fabian. Aber gleich darauf klappt ihm plötzlich die Kinnlade runter und er starrt Paul mit offenem Mund an. »Soll das etwa heißen, dass du …«, fängt er an zu stammeln. »Also ich meine, der Hund war dieser …«

»Dusty«, hilft ihm Paul. »Der Tom gerettet hat, als er sich bei Nebel im Moor verlaufen hat und fast ertrunken wäre. Ohne Dusty gäbe es jetzt keinen Tom mehr, alles klar?«

»Hammer«, stammelt Fabian. »Dann … dann ist der Hund ja voll berühmt. Und du auch, ist ja irre. Dann kennst du ihn echt? Tom, meine ich?«

»Logisch. Und wir sind Freunde.«

»Cool, Mann, warum hast du das nicht gleich gesagt.«

Es scheint zu klappen. Und es sieht ganz so aus, als hätte Alex recht gehabt. Mit dem kleinen Umweg über Tom könnte ihr Trick funktionieren …

»Ich habe gehört, du würdest gerne mal irgendwas mit Tom und seinen Kumpels machen?«, setzt Paul jetzt alles auf eine Karte.

»Klar, Mann, sofort! Ist aber nicht so einfach …«

»Wir könnten ein gutes Wort bei Tom für dich einlegen, wenn du willst«, erklärt Paul.

»Echt, das würdest du tun? Super, Mann!«

Er streckt Paul seine Hand entgegen.

»Warte mal«, mischt sich Alex ein. »Du müsstest uns vorher noch einen kleinen Gefallen tun, sonst läuft das nicht.«

»Kein Ding«, meint Fabian. »Sagt mir einfach, was!«

Alex blickt sich um, als wollte sie sich vergewissern, dass sie auch wirklich alleine sind. »Du bist doch heute Nachmittag wieder im Supermarkt, oder?«, fragt sie dann.

Fabian nickt. »Ab zwei. Ich muss immer verdammt pünktlich sein, sonst flippt der Filialleiter aus. Voll der Spießer, der Typ.«

»Pass auf«, sagt Alex. »Ich erklär dir jetzt genau, was wir machen.«

Es dauert einen Moment, bis Fabian alles kapiert hat. Und so richtig glücklich scheint er mit ihrem Plan nicht zu sein.

»Ich weiß nicht, das könnte echt Ärger geben …«

»Denk an Tom«, erwidert Alex nur. »Ich meine, wenn Paul ihm erzählt hat, was du gemacht hast, um uns zu helfen, damit wir Dusty wiederfinden …«

»Ich mach's«, erklärt Fabian. »Läuft. Ihr könnt euch auf mich verlassen. Deal!«

Er klatscht sich mit Paul und Alex ab. Dann schlurft er mit hängenden Schultern davon, während er vor sich hinmurmelt: »Du kriegst das hin, Alter! Einfach rein ins Büro, Kamerafoto mit dem Hund suchen, ausdrucken, fertig. Kann ja nicht so schwierig sein …«

»Hoffentlich vermasselt er es nicht«, sagt Alex und verdreht die Augen.

Paul antwortet nicht. Am liebsten würde er jetzt sofort in den Supermarkt rennen. Und einfach in das Büro von dem Filialleiter stürmen und so was sagen wie: »Laber nicht rum, Mann! Rück jetzt sofort das Foto raus oder such dir einen anderen Job. Ich hab den Schuppen nämlich gerade gekauft, kapiert?« Oder so was Ähnliches jedenfalls. So wie neulich in dem Film, den er heimlich gesehen hat, als seine Eltern im Theater waren und Karlotta bei ihrer Freundin übernachtet hat. Der Film war mit Vin Diesel aus *Fast & Furious*. Und Vin Diesel war echt cool! Aber Paul ist ja nun mal leider nicht Vin Diesel.

Die nächsten zwei Stunden im Unterricht denkt er abwechselnd daran, wie sie das nachher im Supermarkt machen werden, und wie es Dusty wohl gerade geht. Und in der letzten Stunde nach der zweiten großen Pause denkt er nur noch daran, was er mit Dusty alles machen wird, wenn er seinen besten Freund endlich wiedergefunden hat. Weshalb seine Antwort auch völlig logisch ist, als die Lehrerin ihn fragt, was er machen würde, wenn er König wäre. Oder Bundeskanzler. Oder Präsident.

»Ich würde Dusty erlauben, zum Essen mit am Tisch zu sitzen, richtig auf einem Stuhl und mit einem Teller und so. Und ihm beibringen, sich die Schnauze mit der Serviette abzuwischen.«

Die Lehrerin findet diese Antwort allerdings ziemlich unlogisch. Und jetzt soll er als Hausaufgabe bis morgen eine »vernünftige« Antwort aufschreiben. Während die anderen gar nichts aufbekommen!

Auf dem Weg zum Supermarkt fragt ihn Alex noch mal ab, wer jetzt gleich was, wann und wie macht. Paul hat den Verdacht, dass sie ihm seit seiner Antwort mit Dusty auf dem Stuhl beim Mittagessen nicht mehr ganz traut. Aber er beschwert sich nicht, sondern wiederholt alles so lange, bis Alex zufrieden ist.

»Vergiss nicht, so laut zu schreien, dass die Scheiben wackeln«, erinnert ihn Alex noch mal und stößt ihm grinsend ihren Ellbogen in die Seite. Als wollte sie ihm Mut machen, dass es schon klappen wird. Aber Paul hat ganz deutlich den Eindruck, dass er hier nicht der Einzige ist, der ein bisschen Mutmachen gerade ganz gut vertragen kann. Er zeigt Alex schnell seinen hochgereckten Daumen, als sie auf die Eingangstür des Supermarkts zusteuern.

Es ist genau zehn Minuten nach zwei. Der Laden ist fast leer, nur an der Kasse stehen ein paar Kunden und an der Käsetheke probiert eine Frau Käsesorten aus dem Sonderangebot.

Der Filialleiter sitzt in seinem Büro, Paul und Alex können ihn durch die Scheibe sehen. Er telefoniert. Und Fabian schlappt mit einem Wischmopp und einem Eimer durch die Gänge zwischen den Regalen. Immer hin und her, ungefähr so wie ein Tiger im Zoo.

»Hä?«, macht Paul. »Was will er mit dem Wischzeug?«

»Keine Ahnung«, sagt Alex. »Aber wir sollten uns beeilen, bevor der Filialleiter zu ihm rüberguckt und sich dieselbe Frage stellt. – Bist du bereit?«

Paul nickt und drückt sich hinter das Regal mit dem Klopapier, wo ihn weder der Filialleiter noch die Frau an der Kasse sehen können.

Alex schlendert wie zufällig in den Gang gegenüber und tut so, als würde sie die Aufschriften auf den Konservendosen lesen. Dann blickt sie sich kurz um, Paul sieht noch, wie sie sich auf die Unterlippe beißt, bevor sie die Hand ausstreckt. Als sie an dem Regal wackelt, passiert nichts weiter, als das die Dosen ein bisschen scheppern. Und auch als sie mit beiden Händen zugreift, rutscht gerade mal eine Dose ein Stück nach vorne, kippt aber noch nicht mal über die Kante.

Paul sieht deutlich, wie Alex jetzt tief Luft holt. Und sich dann mit voller Wucht gegen das Regal wirft. Als das Ding tatsächlich anfängt zu kippen, springt Alex schnell zur Seite. Und keine Sekunde zu früh! Mit ohrenbetäubendem Getöse knallen die Dosen mit Erbsen und Möhren und Bohnen auf den Boden. Im gleichen Moment schreit Paul los. So laut er kann: »Hilfe! Hiiilfe!« Nichts weiter. Immer nur »Hiiilfe!!!«

Als er an dem Stapel Klopapier vorbeischielt, sieht er, wie der Filialleiter in seinem Büro aufspringt und zur Tür rennt.

Auch die Kassiererin schreit jetzt aufgeregt los. Und gleichzeitig taucht Fabian vor dem Büro auf und zeigt zu Alex und dem umgestürzten Regal. »Da, die war's! Ich hab's genau gesehen!«

»Hilfe!«, schreit Paul wieder. »Hiiilfe!«

Der Filialleiter weißt nicht, wohin er zuerst rennen soll. Völlig konfus läuft er ein paar Meter auf Paul zu, aber als er sieht, dass Alex zum Ausgang laufen will, ändert er die Richtung und verfolgt sie. Und er hat die Tür zu seinem Büro offen stehenlassen!

Fabian stellt seinen Wischeimer ab und drückt sich durch die Tür, Paul sieht, wie er den Bildschirm einschaltet. Dann wird er von Alex' Stimme abgelenkt. Der Filialleiter hat sie am Arm gepackt, Alex schluchzt und heult: »Ich hab überhaupt nichts gemacht, ich wollte nur eine Dose Erbsen kaufen, da ist plötzlich das ganze Regal umgefallen …«

Das ist Pauls Stichwort!

»Genau so war es!«, ruft er laut dazwischen. »Einfach umgefallen! Und überall flogen die Dosen rum, und ich hab Angst gehabt, dass ich eine abkriege, gegen den Kopf oder so. Vielleicht eine mit Linsen, ich mag nämlich keine Linsen!«

Für die nächsten Minuten herrscht Chaos. Der Filialleiter tobt, die Kassiererin ist kreidebleich und zittert, die Bedienung vom Käsestand ringt hilflos die Hände. Die paar Kunden, die im Laden waren, versuchen, die weinende Alex zu beruhigen.

Und die Frau, die die Käsewürfel probiert hat, füttert Paul mit Camembert: »Du musst keine Angst mehr haben! Hier, mein Kleiner, nimm noch ein Stück. Das schmeckt gut, was? Ich mag auch keine Linsen, aber für Camembert würde ich glatt einen Mord begehen.«

Paul nickt mit vollem Mund, während er hofft, dass die Frau noch genug Camembert hat, bis er und Alex wieder aus dem Laden draußen sind.

Heimlich schielt er an der Frau vorbei zum Büro. Er kann Fabians Rücken sehen, Fabian steht immer noch gebeugt vor dem Computer. Aber jetzt richtet er sich auf und dreht sich zur Tür. Und Paul sieht ganz deutlich, dass er dabei ein Blatt Papier unter sein T-Shirt schiebt. Es hat geklappt, Fabian hat ein Foto ausgedruckt! Jetzt werden sie gleich wissen, wer Dusty mitgenommen hat …

Aber Paul hat sich zu früh gefreut. Fabian will so schnell wie möglich aus dem Büro – und denkt nicht mehr daran, dass er den Eimer mit dem Wischmopp direkt vor der Tür abgestellt hat. Er stolpert also über den Eimer, der Eimer kippt um, das Wasser schwappt über den Boden, Fabian rutscht weg und landet auf dem Hintern. Und bevor er überhaupt kapiert, was passiert ist, knallt ihm auch noch der Stiel vom Wischmopp vor die Stirn!

»Au!«, brüllt Fabian. »Mist! So eine Kacke aber auch!« Als er sieht, dass ihn alle anstarren, sagt er schnell: »Bin ausgerutscht! Äh … ich wollte hier nur ein bisschen sauber machen, war alles voll mit Dreck und so.«

Dass allerdings direkt hinter ihm die Tür zum Büro immer noch offen steht, macht die Sache nicht besser. Genauso wenig wie der Computer, den Fabian leider vergessen hat auszuschalten. Und auf dem in voller Größe das Bild von der Überwachungskamera zu sehen ist. Blöderweise ist bei Fabians Sturz auch noch das ausgedruckte Foto halb aus seinem T-Shirt gerutscht. Und Fabian schafft es nicht mehr rechtzeitig, das Blatt zurückzuschieben …

Der Filialleiter braucht nur eins und eins zusammenzuzählen und weiß Bescheid. Ausgerechnet jetzt muss ihm auch noch einfallen, woher er Paul und Alex kennt!

»Das wird euch noch leidtun«, erklärt er mit finsterer Miene, während er über die Konservendosen auf dem Boden steigt und schon sein Handy zückt und eine Nummer tippt. »Ihr seid euch wohl sehr schlau vorgekommen mit eurem Plan, was? Aber das war nichts, dumm gelaufen, würde ich sagen. – Ja, hallo?«, ruft er gleich darauf ins Handy. »Spreche ich mit dem Polizeirevier an der Hauptstraße? Sehr gut, ich möchte mehrere Straftaten melden. Einbruch in mein Büro, unerlaubter Zugriff auf die Bilder der Überwachungskamera, Diebstahl und … Sachbeschädigung! Fragen Sie nicht, wie es hier aussieht! Ja, die Täter sind noch hier, die können Sie gleich mitnehmen.«

Er versucht, rechts an dem Mann vorbeizukommen. Aber der Mann ist schnell und versperrt ihm den Weg. »Halt! Wo willst du denn hin? Schön hierbleiben, mein Freund!« Und als er jetzt nach links ausweicht, hebt der Mann drohend die Motorsäge. Als der Motor aufheult, lässt er vor Schreck das Brot fallen. Aber er kann nirgendwohin, hinter ihm ist die Autobahn, und der Mann steht so, dass er zwischen dem Trecker und dem Holzstapel eingesperrt ist.

Wenigstens schaltet der Mann die Motorsäge wieder aus. Und dann schiebt er ihm mit dem Fuß das Brot hin.

»Friss erst mal, du siehst aus, als hättest du es nötig. Na los, komm, mach schon, du kannst das Brot haben, ich tu dir nichts!«

Er traut dem Mann nicht. Drohend zieht er die Lefzen zurück und zeigt seine Zähne. Und er knurrt böse!

»He, he, ist ja gut!« Der Mann tritt einen Schritt zurück. »Alles gut, hör auf zu knurren, du brauchst keine Angst vor mir zu haben. Ich mag Hunde, sogar wenn sie mir mein Brot vom Trecker klauen. Also, was ist jetzt? Wollen wir Freunde sein?« Er streckt

die Hand zu ihm aus, als wollte er ihn streicheln. Aber auf den Trick fällt er nicht rein. Er macht einen Sprung zur Seite. So schnell, dass der Mann zu spät reagiert, als er sich im nächsten Moment das Brot schnappt.

Er trägt das Brot in der Schnauze bis dicht an den Holzstapel und schlingt es hastig hinunter. Der Mann klatscht Beifall und ruft: »Nicht schlecht! Du scheinst mir ja ein ganz Schlauer zu sein. Ich würde gerne wissen, wem du weggelaufen bist. Hier im Wald kannst du jedenfalls nicht bleiben. Das fehlt mir noch, dass wegen dir irgendwelche Leute zwischen den Bäumen rumstolpern, die hier nichts zu suchen haben. Pass auf, ich mach dir einen Vorschlag: Du kommst erst mal mit zu mir, ist nicht weit. Und dann gibt's richtig was zu fressen für dich. Danach kümmern wir uns darum rauszukriegen, wo du herkommst. Na, was meinst du dazu?«

Er hat nicht alles verstanden, was der Mann gesagt hat. Aber es klang nicht unfreundlich. Obwohl er sich immer noch nicht sicher ist, was er von dem Mann halten soll. Irgendetwas an seinen Augen gefällt ihm nicht. Sie sind ihm zu unruhig, als wäre der Mann nervös. Und in seiner Stimme ist ein Ton, den er kennt. Weil er ihn schon ein paarmal gehört hat, wenn Menschen etwas zu ihm sagen, was sie aber gar nicht so meinen. Wie der Müllmann, der ihn mit einem Leckerli gelockt und gesagt hat: »Na komm, guter Hund, sei schön brav, gib Pfötchen! Dann hat der Onkel auch was Feines für dich …«

Es hat eine Weile gedauert, bis er begriffen hat, dass das gelogen war. Beim ersten Mal hat er noch gedacht, es wäre ein Versehen gewesen, dass der Müllmann ihm auf den Schwanz getreten hat. Aber dann ist das Gleiche noch mal passiert, und als er vor Schmerz laut aufgeheult hat, hat der Müllmann nur gelacht. Genauso wie der andere Mann, der am Laster stand und zugeguckt hat.

Deshalb ist er jetzt auch lieber vorsichtig. Es gibt Menschen, die nur so tun, als wären sie nett. Aber jetzt macht der Mann mit der Motorsäge etwas, was er gar nicht mehr kapiert. Der Mann lacht und sagt: »Na, wenn du es dir überlegt hast, kannst du ja immer noch hinter mir herkommen.« Und dann steigt er auf seinen Trecker und fährt los. Um den Holzstapel herum und auf einen Waldweg, der mit Unkraut so zugewuchert ist, dass man ihn kaum erkennen kann.

Der Trecker holpert klappernd über die Wurzeln und Steine auf dem Weg. Und er hört, wie der Mann oben auf dem Sitz ein Lied pfeift. Als hätte er längst vergessen, dass er ihm eben noch etwas zu fressen versprochen hat, wenn er mitkommt. Oder als wäre es ihm egal, ob er hinter ihm herkommt oder nicht.

Ganz langsam setzt er eine Pfote vor die andere. Erst als der Trecker schon fast zwischen den Bäumen verschwunden ist, läuft er schneller und folgt der Spur, die die großen Reifen in den Waldboden gedrückt haben.

8. Kapitel

Die Polizistin blickt abwechselnd zu Paul und Alex. Dann schüttelt sie den Kopf. Paul hat den Eindruck, dass sie sich Mühe geben muss, um nicht zu lachen. Obwohl er nicht weiß, was sie so lustig findet. Ihm selber ist jedenfalls überhaupt nicht nach Lachen zumute.

Er hofft nur, dass seine Mutter jetzt bald auftaucht, um ihn und Alex abzuholen. Auch wenn es bestimmt Ärger gibt. Aber alles ist besser, als hier noch weiter in dem stickigen Büro des Filialleiters herumsitzen zu müssen.

Zum Glück hat Pauls Mutter heute tagsüber frei, sie muss erst heute Abend zum Nachtdienst ins Krankenhaus. Die Polizistin hat am Telefon nur zu ihr gesagt: »Sie müssen Ihren Sohn aus dem Supermarkt abholen. Wir haben hier ein kleines Problem, an dem Paul nicht ganz unbeteiligt ist, fürchte ich. Aber ich denke, wir können das relativ schnell lösen.«

Das war gleich nachdem die Polizistin das ausgedruckte Foto von der Überwachungskamera gesehen hatte. Mit dem Mann mit der Glatze, der gerade Dusty in sein Auto lockt. In einen silbergrauen Toyota. Eine Frau steht dabei und guckt zu. Weder der Glatzkopf noch die Frau sind Annas Vater oder Mutter, aber das Nummernschild ist deutlich zu erkennen. Und die Polizistin hat die Nummer auch gleich durchgegeben, damit ihre Kollegen den Namen und die Adresse der beiden Hundediebe raussuchen.

Natürlich hat sich die Polizistin auch daran erinnert, dass sie am Tag zuvor mit Paul und seiner Mutter gesprochen hatte. Und dass Pauls Mutter sich über den unfreundlichen Polizeibeamten mit dem Ei beschwert hat.

Jetzt hat sich herausgestellt, dass es der Polizistin ziemlich peinlich war, wie sich ihr Kollege benommen hatte. Sie hat sich sogar schon bei Paul dafür entschuldigt: »Das tut mir wirklich leid! Ihr hattet vollkommen recht, dass die Kamerabilder bei der Suche helfen können. Und natürlich hätte mein Kollege etwas unternehmen sollen.« Dann hat sie sich zu dem Filialleiter gedreht und gesagt: »Apropos etwas unternehmen! Sie sind nicht auf die Idee gekommen, einfach mal selber schnell einen Blick auf die Kamerabilder zu werfen, als die Kinder ihnen erklärt haben, worum es geht? Dann wäre das ganze Chaos hier gar nicht erst entstanden.«

Der Filialleiter hat beleidigt vor sich hingestarrt. »Aber die sind hier eingebrochen!«, hat er schließlich behauptet. »Das war ein abgekartetes Spiel. Das haben die sich vorher genau ausgedacht. Und der hier, der an meinem Computer war, der hat die längste Zeit hier im Lager ausgeholfen, den schmeiße ich raus. Und außerdem zeige ich ihn auch noch an.«

Fabian hat gar nichts dazu gesagt. Aber besonders glücklich sah er nicht gerade aus.

Und das hat sich auch in den letzten fünf Minuten nicht geändert. Obwohl Alex jetzt schon zweimal erklärt hat, dass Fabian eigentlich nichts dafür kann. »Weil er uns nur helfen wollte, damit wir Dusty möglichst schnell wiederfinden. Es kann ja wohl nicht sein, dass irgendwelche Leute hier einen Hund klauen und nichts passiert! Weil die Polizei sich ein Ei darauf pellt und der Filialleitertyp hier noch nicht mal richtig zuhört, wenn man ihn um was bittet. Dabei ist Dusty voll berühmt! Es stand sogar in der Zeitung, dass er einen Freund von uns aus dem Nebelmoor gerettet hat, und das hat natürlich auch Fabian gewusst, und deshalb …

ist er total unschuldig! Ich meine, *er* hat den Hund schließlich nicht geklaut, oder?«

Aber Fabian sieht trotzdem immer noch so aus, als würde er sich am liebsten in einen Wischmopp verwandeln und einfach nur in der Ecke lehnen, wo ihn keiner weiter beachtet.

Als der Filialleiter jetzt irgendwas sagen will, stoppt ihn die Polizistin mit einer Handbewegung. »Ich glaube, wir einigen uns mal darauf, dass es tatsächlich eine Verkettung unglücklicher Umstände war«, erklärt sie. »Also so, wie ich das sehe, waren die Konservendosen nicht gut gestapelt. Und als Alex aus Versehen mit dem Arm dagegen gestoßen ist, ist alles umgefallen. Paul hat Angst bekommen und um Hilfe gerufen. Also sind Sie aus Ihrem Büro gerannt, vollkommen richtig«, sagt sie zu dem verblüfften Filialleiter. »Sie mussten ja nachsehen, was los war. Und in der Eile haben Sie die Tür offen stehen lassen. Fabian wollte hier gerade ein bisschen Schmutz aufwischen, aber dann hat er zufällig das Kamerabild auf Ihrem Monitor gesehen. Und weil er ja wusste, dass Paul und Alex nach Dusty suchen, hat er schnell den Drucker eingeschaltet. Mehr nicht! Das war natürlich dumm von ihm, er hätte Sie erst fragen müssen, aber daran hat er in der Aufregung gar nicht gedacht.

Er wollte nur helfen, dass Dusty schnell gefunden wird. Und genau das tun wir jetzt auch«, setzt sie noch schnell hinzu, bevor der Filialleiter etwas erwidern kann. »Wir kümmern uns jetzt darum, Dusty zu finden. Und Sie vergessen das Ganze einfach, dafür schreibt dann die Zeitung vielleicht auch, wie wichtig Ihre Hilfe war. Ich schlage vor, Fabian räumt die Unordnung bei den Konserven auf und …«

Im gleichen Moment kommt der Kollege der Polizistin in den Laden gelaufen, der draußen im Streifenwagen auf die Nachricht aus dem Revier gewartet hat. »Ich habe den Namen und die Adresse des Besitzers von dem Toyota!«, ruft er. »Halbe Stunde von hier, fahren wir gleich hin?«

Die Polizistin winkt Paul und Alex mit dem Kopf: »Ihr kommt mit!«

»W… w… warten Sie mal!«, stammelt der Filialleiter. »Wieso soll denn überhaupt das Kamerafoto auf dem Bildschirm gewesen sein, als ich aus dem Büro gerannt bin?«

Die Polizistin verdreht die Augen, als wäre die Frage wirklich mehr als dumm. »Na, weil Sie natürlich gerade dabei waren, alle Bilder zu überprüfen, um Paul zu helfen.«

»Ach so, ja, logisch …« Der Filialleiter starrt mit

offenem Mund hinter ihnen her. Und Paul denkt nur, dass die Polizistin echt klasse ist!

»Ich heiße übrigens Katharina«, sagt sie gerade. »Aber euch ist schon klar, dass ihr ziemlichen Mist gebaut habt, oder?«

»Klar«, sagt Paul. »Weiß ich.«

»Klar«, sagt auch Alex. »Aber es ging ja nicht anders, wir mussten ja irgendwas tun …«

»Da kommt meine Mutter«, unterbricht Paul sie schnell, bevor sie noch irgendwas erzählt, was sie vielleicht besser für sich behalten sollten. Er zeigt auf den Passat, der gerade auf den Parkplatz einbiegt.

Natürlich gibt es erst mal ein ziemliches Durcheinander, bis sie Simone alles so halbwegs erklärt haben. Was nicht unbedingt heißt, dass Simone auch alles kapiert. Aber wenigstens gibt es nicht den ganz großen Ärger, mit dem Paul schon gerechnet hatte.

»Wir reden später noch mal drüber«, erklärt Simone. »Was jetzt?«, fragt sie die Polizistin Katharina.

»Wir statten dem Pärchen einen Besuch ab«, erklärt Katharina. »Wenn Sie wollen, fahren Sie einfach hinter uns her. Es ist sicher ganz gut, wenn Sie dabei sind. Und wir werden da vorher auch nicht anrufen, ich möchte vermeiden, dass die Leute vorbereitet sind und womöglich auf dumme Ideen kommen.«

Was sie damit meint, ist klar.

»Sie will nicht, dass die Leute Dusty verstecken oder so was«, sagt Simone, während sie dem Streifenwagen aus der Stadt hinaus folgen.

Aber wenn der Lieferwagenfahrer recht hatte, denkt Paul, dann ist Dusty vielleicht gar nicht mehr bei den Leuten, die ihn geklaut haben. Er weiß nicht, was er besser finden soll. Doch, Dusty soll nicht abgehauen, sondern noch in dem Haus sein, zu dem sie unterwegs sind. Dann ist die ganze Sache wenigstens in einer halben Stunde vorbei!

Sie fahren lange Zeit durch einen finsteren Wald. Zwischen den Bäumen ist es fast dunkel, obwohl hoch oben am Himmel die Sonne scheint. Einmal meint Paul, einen Schatten zu sehen, der geduckt vor einem Gebüsch dahinschleicht. Als würde er auf etwas lauern, was er fressen kann.

Ein Stück weiter liegt ein totgefahrener Fuchs am Straßenrand. An seiner Schnauze klebt Blut. Paul ist froh, dass sie zu schnell fahren, um noch mehr erkennen zu können. Als sie auf einer Brücke die Autobahn überqueren, macht er die Augen zu und versucht, nicht mehr an den überfahrenen Fuchs zu denken.

Sie sehen auch den Parkplatz, von dem der Lieferwagenfahrer geredet hat. Und Paul weiß, dass seine Mutter gerade dasselbe denkt wie er: Lass Dusty nicht irgendwo in der Gegend herumirren, sondern bei den Leuten mit dem Toyota sein! Für einen Moment ist er froh, dass Alex nicht mitgefahren ist, weil sie nach Hause zu Bella musste. So hat er Dusty wenigstens für sich ganz alleine, wenn sie dann wieder mit ihm nach Hause fahren. Er wird sich mit Dusty auf die Rückbank setzen und ihn die ganze Zeit streicheln …

Sie brauchen nicht lange, um die Adresse zu finden. Und vor dem Haus steht der silberne Toyota! Die Leute sind also da. Katharina bittet Paul und seine Mutter, erst mal bei ihrem Auto zu bleiben, bis sie sie ruft.

»Oder bis Dusty uns gleich riecht und anfängt zu bellen, weil er zu uns will«, sagt Paul.

Katharina nickt und klopft Paul kurz auf die Schulter. Als wollte sie ihm versichern, dass bestimmt alles gut wird.

»Dann mal los«, sagt sie zu ihrem Kollegen.

Paul und seine Mutter sehen, wie die beiden Polizisten an der Haustür klingeln. Es dauert auch nicht lange und ein Mann macht die Tür auf. Der Mann mit der Glatze, den sie schon von dem

Kamerabild kennen. Auch wenn er auf dem Bild nur von hinten zu sehen ist, er ist es!

Katharina zeigt ihm auf ihrem Handy das Foto von Dusty.

Der Mann zuckt mit den Schultern und schüttelt den Kopf.

Katharina ruft ein anderes Foto auf ihrem Handy auf. Paul ist sich sicher, dass es genau das Bild von der Kamera ist, auf dem Dusty gerade in den Toyota gelockt wird.

Der Mann reibt sich mit der Hand über die Glatze. Dann behauptet er so laut, dass sogar Paul ihn verstehen kann: »Das bin ich nicht. Das ist jemand anders! Ich bin ja auch nur von hinten zu sehen.«

Katharina wird jetzt auch lauter. Sie zeigt noch mal auf das Foto und sagt: »Dann möchten wir mal mit Ihrer Frau sprechen.«

»Das ist nicht meine Frau«, antwortet der Mann.

»Aber es ist Ihr Auto«, erwidert Katharina deutlich verärgert. »Das Kennzeichen ist gut zu erkennen!«

»Hab mein Auto verliehen gehabt«, behauptet der Mann. »Hab aber vergessen, an wen. Und meine Frau ist nicht zu Hause. War's das dann oder wollten Sie noch irgendwas von mir?«

Jetzt kann Paul nicht länger still sein, sondern

muss sich einmischen. »Das stimmt nicht!«, ruft er laut und rennt auf das Haus zu. Er hat die Frau vom Foto nämlich längst gesehen. Oben, am Fenster hinter der Gardine. »Der Mann lügt! Seine Frau ist in dem Zimmer da oben, sie steht hinter der Gardine und beobachtet alles!«

Die beiden Polizisten blicken nach oben. Die Gardine bewegt sich noch ein bisschen, aber die Frau ist natürlich verschwunden.

»Dürfen wir mal kurz reinkommen?«, fragt Katharina jetzt mit einer Stimme, die schon lange nicht mehr freundlich klingt. »Wir würden uns gerne mal umsehen.«

»Dafür brauchen Sie einen … äh … Dingsda«, erklärt der Mann. »Jetzt hab ich's: Durchsuchungsbefehl!«

»Durchsuchungsbeschluss«, korrigiert ihn Katharina. »Können wir uns beschaffen, dann kommen wir allerdings mit ein paar Kollegen mehr zu Ihnen, ich weiß nicht, ob Sie das wirklich wollen …«

»Das wird nicht nötig sein!«, ruft im selben Moment eine Stimme aus dem Haus. Paul sieht, wie die Frau vom Fenster die Treppe runtergerannt kommt. Sie schiebt ihren Mann einfach zur Seite und stößt atemlos hervor: »Wir waren es! Wir haben den Hund mitgenommen! Aber ich kann alles erklären und …« Und dann fängt sie an zu weinen. Der Mann legt ihr den Arm um die Schultern: »Beruhig dich doch. Wir müssen überhaupt nichts sagen! Wir haben …«

»Ist Dusty bei Ihnen im Haus?«, unterbricht ihn Paul. »Wo ist er? Haben Sie ihn in den Keller gesperrt oder … Dusty! Dusty, hörst du mich?«, ruft er, so laut er kann. Als er versucht, sich an dem Mann und der weinen Frau vorbei ins Haus zu drängen, hält ihn Katharina am Arm fest.

»Wir haben ihn nicht«, erklärt der Mann bestimmt.

»Er ist uns weggelaufen«, schluchzt die Frau. »Wir haben keine Ahnung, wo er ist.«

Paul weiß sofort, dass sie nicht lügt. Der Lieferwagenfahrer hatte also recht! Und Dusty ist tatsächlich irgendwo da draußen und irrt alleine durch die Gegend.

Inzwischen ist auch Simone vom Auto her zu ihnen gekommen. Sie streicht Paul tröstend über die Haare, während sie Katharina kurz von dem Anruf des Lieferwagenfahrers erzählt.

»Es stimmt«, bestätigt die Frau und schluchzt wieder. »Auf dem Parkplatz ist er uns weggelaufen. Einfach in den Wald und weg.«

Und plötzlich fängt ihr Mann an zu reden. Er scheint sich entschlossen zu haben, jetzt endlich doch die Wahrheit zu sagen. Und er entschuldigt sich sogar! »Es tut uns alles furchtbar leid«, fängt er an. »Wir haben einfach nicht nachgedacht, natürlich war das falsch von uns, was wir getan haben! Ich war es, meine Frau hätte so was nie gemacht. Sie wollte auch nicht, aber ich hab nicht auf sie gehört.«

Es dauert fast eine Viertelstunde, bis der Glatzenmann und seine Frau ihre Geschichte erzählt haben. Aber eigentlich ist es ganz einfach – und auch ein bisschen traurig! Natürlich fies und gemein, aber trotzdem auch traurig.

Die beiden Leute mit dem Toyota heißen Meyers. Mit »y«, wie der Mann mehrmals betont, als ob es irgendwie wichtig wäre. Und Meyers hatten bis vor kurzem selber einen Hund. Und Lotta war auch ein Border Collie. Lotta hat jeden Tag hinter der Hecke darauf gewartet, dass Herr Meyer von der Arbeit nach Hause kommt. Frau Meyer hat sie immer in den Garten gelassen, wenn es so weit war.

»Pünktlich um vier hat sie angefangen zu jaulen«, erzählt sie. »Dann habe ich sie rausgelassen.« Und wenn dann Herr Meyer aus seinem Toyota gestiegen und auf das Gartentor zugegangen ist, kam Lotta mit einem großen Sprung über die Hecke, um ihn zu begrüßen. Und ganz besonders gut fand sie es, wenn er so getan hat, als würde er sich total erschrecken. Obwohl er natürlich ganz genau wusste, dass sie ihm auflauern würde! Aber er hat ihr trotzdem die Freude gemacht und jedes Mal laut »Hilfe!« gerufen. Und Lotta hat jedes Mal begeistert mit dem Schwanz gewedelt und ist hochgesprungen, um ihm das Gesicht abzuschlecken.

»Aber eines Tages hat sie sich vertan«, erzählt Herr Meyer. »Da habe ich noch mit einem Nachbarn auf der anderen Straßenseite gestanden und geredet. Und wahrscheinlich hat es ihr zu lange gedauert, also hat sie nicht gewartet, bis ich am Gartentor war, sondern ist einfach über die Hecke gesprungen und wollte zu mir rennen.« Er zögert kurz. »Nur kam leider genau in dem Moment ein Lastwagen viel zu schnell um die Ecke. Und Lotta hatte keine Chance.«

»Wir haben sie hinten im Garten begraben«, schluchzt Frau Meyer. »Und wir haben uns so einsam gefühlt, ohne unsere Lotta! Besonders mein Mann …«

Sie waren auch im Tierheim in der Stadt von Pauls Familie, aber keiner der Hunde hat ihnen gefallen. Sie haben immer nur an ihre Lotta denken müssen. Und dann waren sie auf dem Rückweg noch kurz im Supermarkt – und haben Dusty gesehen.

Und es stimmt, als Frau Meyer ein Foto von Lotta holt, hält Paul für einen Moment den Atem an. Weil er glaubt, der Hund auf dem Foto wäre Dusty. So ähnlich sehen sich die beiden Hunde!

»Und er war da an der Betonwand angebunden und hat leise gewinselt«, erzählt Frau Meyer auch noch den Rest der Geschichte. »Als mein Mann ihn losgebunden hat, ist er mit ihm mitgelaufen, genauso freundlich und neugierig wie unsere Lotta. Er ist sogar von ganz alleine hinten ins Auto gesprungen.«

»Da habe ich die Heckklappe zugemacht und ihn mitgenommen«, sagt der Mann. »Wenn wir das irgendwie wiedergutmachen könnten, würden wir es ja tun. Und wir hätten ihn auch längst zurückgebracht, aber … er ist weg. Er ist uns auf dem Parkplatz davongelaufen.«

Und das war's. Katharina will wissen, ob Pauls Eltern Meyers jetzt anzeigen wollen. Aber Simone blickt nur kurz zu Paul, bevor sie sagt: »Das hilft Dusty auch nicht mehr. Wir haben jetzt Wichtigeres zu tun, wir müssen ihn finden, bevor es zu spät ist und ihm irgendetwas passiert.«

Jetzt sind sie am Waldrand, direkt vor ihnen ist ein Maisfeld. Der Trecker biegt auf eine holprige Kopfsteinpflasterstraße ab. Hier ist es schwieriger, ihm zu folgen, ohne dass der Mann auf dem Sitz ihn sieht. Er wartet jedes Mal, bis der Trecker hinter einer Biegung verschwunden ist, bevor er losläuft, um ihn wieder einzuholen.

Aber dann ist der Trecker plötzlich weg. Dafür kann er jetzt ein kleines Bauernhaus sehen. Und eine Weide mit Schafen. Hinter dem Scheunendach steigt blaugrauer Qualm in den Himmel. Der Trecker gehört also auf den Bauernhof.

Geduckt schleicht er sich näher, bis er am Weidezaun ist. Er findet Schafe eigentlich ganz nett, das Problem ist nur, dass sie wegen jeder Kleinigkeit gleich Panik bekommen. Und laut blöken und in alle Richtungen auseinanderrennen. Dann muss man hinter ihnen her und sie wieder zusammentreiben. Auch jetzt blöken sie schon wieder unruhig und scharren nervös mit den Vorderhufen. Nur weil er am Zaun ist und sie denken, dass er gleich bellt und sie jagt.

Aber er kümmert sich nicht weiter um die Schafe,

obwohl er Lust hätte, sie ein wenig zu ärgern. Stattdessen tut er so, als würde er sie gar nicht sehen. Die Schafsköpfe folgen ihm jetzt neugierig auf ihrer Seite vom Zaun. Bis sie nicht weiterkönnen und wieder anfangen, Gras zu fressen. Weil sie schon vergessen haben, dass sie gerade noch Angst hatten. Typisch!

Als er um die Ecke der Scheune kommt, stellt der Mann gerade den Motor vom Trecker aus. Der Trecker blubbert noch mal und spukt eine letzte Qualmwolke aus dem Auspuff, dann ist alles still. Nur eine Amsel zwitschert irgendwo. Ein paar Schwalben jagen zwischen Haus und Stall hin und her. Der Mann klettert vom Trecker und läuft zur Scheune hinüber. Erst als er dabei kurz mit der Zunge schnalzt, wird ihm klar, dass der Typ ihn längst gesehen hat.

»Ich dachte schon, dass du hinter mir herkommst«, sagt er jetzt laut. Aber immer noch so, als wäre es ihm eigentlich egal.

Deshalb traut er sich auch noch ein Stück näher heran, als der Mann in der Scheune verschwindet. Er kann ihn rumoren hören. Und je mehr es danach klingt, als würde der Mann mit irgendwelchen Tüten aus Papier rascheln, umso neugieriger wird er.

Ganz langsam wagt er sich durch die Tür. Aber in der Scheune ist es so dämmrig, dass er kaum etwas erkennen kann. Erst als er sich dicht an der Wand entlang noch weiter in das Dämmerlicht schleicht, sieht er, dass der Mann einen großen Sack über den Boden schleift. Keine Einkaufstüten, sondern einen Sack aus Papier. Der Sack muss sehr schwer sein, der Mann keucht vor Anstrengung.

Aber als er ihn an der Wand entdeckt, hält er kurz an und sagt: »Du bist kein Streuner, das sehe ich doch. Also bist du irgendwo weggelaufen und findest nicht mehr nach Hause! Und deine Leute suchen dich bestimmt schon! Das gefällt mir nicht, das ist nicht gut.«

Der Mann greift in das Regal hinter sich und hält einen Apfel hoch. Er mag Äpfel! Zu Hause lässt Paul ihn immer die Apfelschalen vom Müsli suchen. Oder er wirft ihm die Schalen so zu, dass er sie aus der Luft fangen kann.

Deshalb findet er es auch ganz normal, als der Mann den Apfel in zwei Hälften bricht. Und ihm dann die eine Hälfte zuwirft. Er schnappt sie sich und weicht ein Stück zurück, um in Ruhe zu fressen.

Der Apfel schmeckt so gut, dass er für einen Moment nicht darauf achtet, was der Mann macht. Und als er den Strick sieht, mit dem der Typ plötzlich von hinten auf ihn zukommt, ist der Weg zur Tür versperrt.

»Ganz ruhig«, sagt der Mann. »Ich will dir nichts tun.«

Aber irgendwas stimmt hier nicht. Er lässt den Mann nicht aus den Augen. Er erinnert sich ja noch gut daran, dass die Leute mit dem Auto auch erst freundlich zu ihm waren, bevor sie ihn dann hinten in den Kofferraum gesperrt haben.

Als sich ihm jetzt die Hand mit dem Strick nähert, schnappt er danach.

»Na gut«, sagt der Mann. »Du hast es nicht anders gewollt.« Er lässt den Strick einfach fallen und geht zur Tür. So wie vorher, als würde ihn das Ganze nicht weiter interessieren.

Er merkt zu spät, dass der Mann ihn ausgetrickst hat. Erst als die Tür krachend hinter dem Mann zuschlägt, kapiert er, dass er in der Falle sitzt. Der Mann hat ihn eingesperrt! Er hört, wie er jetzt auch noch den Riegel vorschiebt. Dann entfernen sich seine Schritte quer über den Hof.

9. Kapitel

»Wir fahren jetzt als Erstes zur Zeitung«, erklärt Simone, als sie wieder im Auto sitzen. »Wenn die Dustys Bild bringen, erkennt ihn bestimmt irgendjemand und ruft uns an.«

»Aber wir wissen nicht, wohin er überhaupt gelaufen ist«, sagt Paul leise. »Wenn er irgendwo im Wald rumirrt, gibt es auch niemanden, der ihn erkennen kann.«

Er sagt nicht, dass er sich eigentlich noch viel schrecklichere Sachen ausmalt. Wie vielleicht ein Jäger aus Versehen auf Dusty schießt! Weil er ihn für ein … ein Wildschwein hält oder so was. Obwohl das eigentlich nicht sein kann, weil es keine schwarz-weiß gefleckten Wildschweine gibt. Aber wenn der Jäger nicht genau hinguckt … Oder er glaubt, Dusty wäre ein Wolf. Ein Wolf oder ein halb wilder Hund, der alleine im Wald umherstreift und Rehe jagt.

Paul dreht sich zu seiner Mutter. »Dürfen Jäger eigentlich … auf Hunde schießen, die alleine im

Wald rumrennen? Also so was wie wilde Hunde, die keinem gehören? Gibt es solche Hunde überhaupt?«

»Ich habe gerade etwas Ähnliches überlegt«, antwortet Simone. »Ich weiß es nicht, ich habe keine Ahnung. Ich weiß nur, dass nicht auf Wölfe geschossen werden darf. Aber das es Leute gibt, die das trotzdem tun.« Sie legt Paul kurz die Hand auf den Arm. »Pass auf, ich sag dir, was wir machen.« Als sie rechts an den Straßenrand fährt und ihr Handy aus der Tasche zieht, braucht Paul einen Moment, bis er aus ihrem Gemurmel schlau wird.

»Wir sind hier, an der Landstraße, die die Autobahn kreuzt und auf beiden Seiten durch große Wälder führt. Also muss hier auch irgendwo …« Simone zieht die Karte auf ihrem Display mit Daumen und Zeigefinger ein Stück größer. »Hier, da ist es! Ist gar nicht weit von hier, hinterm nächsten Dorf links.«

Sie hält Paul das Handy hin.

Mitten durch die grüne Fläche, die den Wald darstellt, führt eine Straße. Und die Straße endet bei dem Symbol für ein Haus, neben dem »Forsthaus« steht.

»Es ist der Wald, in dem Dusty verschwunden ist«, erklärt Simone. »Also lass uns mit dem Förster reden, vielleicht hat der ja eine Idee, was wir noch tun können.«

Und vor allem müssen wir ihm sagen, dass er nicht auf Dusty schießen soll, denkt Paul. Und er muss auch allen Jägern erzählen, dass da vielleicht ein Hund im Wald rumläuft!

Während sie weiterfahren, telefoniert Paul mit seinem Vater. »Okay«, sagt Peter, nachdem er erst mal verdaut hat, dass Dusty tatsächlich gestohlen wurde. Aber dass sie ihn immer noch nicht wiedergefunden haben. »Gute Idee mit dem Förster. Ich kümmere mich um die Zeitung, die sollen trotzdem eine Suchanzeige bringen. Und ich lass mir was einfallen, wie ich Karlotta beruhigen kann. Ein Glück, dass diese Meyers hier nicht gleich um die Ecke wohnen, sonst würde deine Schwester wahrscheinlich dort hinlaufen, um sie zu beschimpfen. Oder noch Schlimmeres! Obwohl es diesen Leuten eigentlich ganz recht geschehen würde …«

Die Straße zum Forsthaus ist mehr ein Waldweg mit Wurzeln und Schlaglöchern. Der Passat klappert und schüttelt sich, als wollte er jeden Moment auseinanderfallen. Der Förster hat deshalb keinen Passat, sondern einen Jeep vor der Tür stehen. Einen offenen Jeep, nur mit einer Plane als Dach.

Paul und Simone sind noch kaum ausgestiegen,

als vier laut kläffende Dackel mit fliegenden Ohren auf sie zugerannt kommen. Die Dackel umkreisen sie argwöhnisch, Paul und Simone wagen es nicht, sich zu rühren.

Dann ertönt ein schriller Pfiff und eine Frau kommt aus dem Haus mit dem Hirschgeweih über der Tür. Eine Frau mit Gummistiefeln und einer Hose mit tausend Taschen. Die Dackel hören zwar auf zu bellen, aber sie sehen immer noch so aus, als würden sie nur darauf warten, dass Paul oder Simone eine falsche Bewegung machen. Außerdem laufen sie jetzt nacheinander zum Passat und pinkeln an den rechten Vorderreifen.

»Das ist ihre Art, Gäste zu begrüßen«, erklärt die Frau und lacht. Als wäre sie stolz darauf, was ihre Dackel so alles können.

»Wir wollten eigentlich nur kurz mit dem Förster sprechen«, setzt Simone an. »Wir haben ein paar Fragen.«

»Na dann mal los«, antwortet die Frau. Sie streckt erst Simone und dann Paul die Hand hin. »Maria. Forstrevierleiterin. Oder einfach Försterin. Und Max, Moritz, Onkel Fritz und Witwe Bolte«, zeigt sie auf die Dackel. »Drei Generationen, Onkel Fritz ist der Vater, Witwe Bolte die Großmutter, nicht zu vergessen den alten Wilhelm, ohne den ich hier draußen ziemlich aufgeschmissen wäre. Es sind immerhin fast zehn Kilometer bis zum nächsten Dorf.«

Paul braucht eine Sekunde, bis er kapiert, dass der alte Wilhelm der verbeulte und schlammbespritzte Jeep ist, der vor dem Haus parkt.

Die Försterin ist eindeutig ein bisschen komisch, denkt er, aber nett. Ein bisschen erinnert sie ihn auch an die Polizistin, Katharina. Ganz kurz überlegt er noch, woran es wohl liegen könnte, dass die meisten Frauen viel freundlicher sind als solche Typen wie der Eierpeller von der Polizei oder der Filialleiter im Supermarkt.

Aber vielleicht irrt er sich auch. Kaum hat Simone erzählt, worum es eigentlich geht, scheint die Försterin mit einen Schlag schlechte Laune zu haben.

»Na wunderbar«, sagt sie. Wobei völlig klar ist, dass sie gerade überhaupt nichts wunderbar findet. »Ein Border Collie, ja?«

Paul und seine Mutter nicken.

»Und wahrscheinlich einer von denen, die nur dann wirklich glücklich sind, wenn sie möglichst immer dabei sein können.«

»Stimmt«, bestätigt Paul. »Dusty will am liebsten sogar mit, wenn ich aufs Klo gehe.«

Er wundert sich, dass seine Mutter nicht auch irgendwas sagt. Dass Dusty ihr zum Beispiel nicht von den Fersen weicht, wenn sie zum Kühlschrank geht, um sich einen Joghurt zu holen. Oder dass er immer versucht, bei Paul im Bett am Fußende zu schlafen. Aber Simone zieht die Augenbrauen zusammen und fragt: »Worauf wollen Sie hinaus?«

Die Försterin zögert einen Moment, bevor sie einen raschen Blick auf Paul wirft und sagt: »Es tut mir leid, aber ich glaube, es ist besser, wenn wir Klartext reden. Wie lange ist euer Hund schon verschwunden?«

»Gestern am frühen Nachmittag hat ihn jemand zum letzten Mal gesehen. Ein Lieferwagenfahrer, da an dem Parkplatz, wo er den Leuten davongelaufen ist, die ihn gestohlen haben.«

»Also schon länger als einen Tag, ohne dass er irgendwo aufgetaucht wäre.« Die Försterin schüttelt den Kopf. »Nicht gut, gar nicht gut. Ich will es mal so sagen: Euer Hund ist ein Hund, der mit Menschen zusammenlebt, etwas anderes kennt er nicht. Alles, was er tut, ist darauf ausgerichtet, es seinen Menschen recht zu machen. Wenn er gut erzogen ist, wird er immer das tun, was ihr von ihm verlangt. Aber alleine …« Sie zuckt mit den Schultern, als wäre es schon klar, was sie sagen will.

»Das stimmt nicht!«, ruft Paul sofort. »Er kann ziemlich viel, er ist echt schlau!«

»Diese Art von Schlauheit meine ich nicht«, erklärt die Försterin. »Wenn er ein Problem hat, wird er immer versuchen, den Menschen dazu zu kriegen, das Problem für ihn zu lösen. Das ist schlau, natürlich! Aber diese Schlauheit nützt ihm nichts, wenn er alleine im Wald ist.« Die Försterin erklärt auch noch, dass zum Beispiel ein Wolf darauf angewiesen ist, alleine eine Lösung für ein Problem zu finden. Ganz einfach, weil er keine Chance hat, sich auf Menschen zu verlassen. »Er hat nie gelernt, mit Menschen zusammenzuarbeiten, also denkt er völlig eigenständig, weil er weiß, dass ihm niemand hilft.«

Paul will erzählen, dass Dusty auch schon mal eine Zeit lang alleine unterwegs war, ein paar Wochen lang sogar, bevor er damals plötzlich bei ihnen im Heizungskeller aufgetaucht ist.

Aber die Försterin redet schon weiter: »Ich sehe drei Punkte, die mir überhaupt nicht gefallen. Die Autobahn ist ein echtes Problem, wenn er versucht, seinen Weg nach Hause zu finden. Aber entweder ist er noch in dem Wald auf dieser Seite, was ich mir kaum vorstellen kann, oder er hat es tatsächlich irgendwie geschafft. Wenn er überfahren worden wäre, hätte ich schon davon gehört. Hoffen wir also mal, dass er Glück hatte!«

»Und die anderen beiden Punkte?«, fragt Simone.

»Die wollt ihr nicht wirklich wissen …«

»Doch, bitte!«

Wieder wirft die Försterin einen Blick zu Paul, bevor sie antwortet: »Na gut, bringen wir es hinter uns. Wir haben Wildschweine hier in den Wäldern. Und die Wildschweine haben gerade Frischlinge! Gegen ein Wildschwein, das seine Jungen schützen will, hat ein Hund keine Chance. Egal wie schnell er rennt, das Wildschwein ist schneller, vor allem im Wald. Und es ist fast unmöglich, dass euer Hund nicht mit den Wildschweinen zusammengetroffen ist. Wir haben sogar zwei Rotten hier! Aber vielleicht war er vorsichtig genug und ist ihnen rechtzeitig ausgewichen …«

Paul schluckt nur, ohne etwas zu sagen.

»Und?«, fragt Simone, als die Försterin nicht weiterredet. »Punkt drei?«

»Punkt drei macht mir am meisten Sorgen. Es gibt Anzeichen, dass seit Kurzem ein Wolf durch die Wälder streicht. Und was vielleicht noch schlimmer ist: Es scheinen ein paar Jäger unterwegs zu sein, die ihn abschießen wollen, obwohl das streng verboten ist. Der Wolf steht unter Naturschutz, aber das ist manchen Leuten egal. Ich hoffe nur, dass sie einen Hund von einem Wolf unterscheiden können. So, nun wisst ihr, weshalb ich euch nicht einfach sagen kann, dass er schon bald gesund und munter wieder auftauchen wird«, setzt die Försterin hinzu. »Aber natürlich müssen wir versuchen, euren Hund zu finden. Vielleicht ist er auch längst nicht mehr im Wald, sondern hat sich bei irgendeinem Bauern im Stall oder in der Scheune verkrochen. Wenn morgen eine Meldung in der Zeitung steht, ist das bestimmt gut. Und ihr solltet unbedingt das Tierheim informieren, falls ihn jemand dorthin bringt.«

»Aber sonst … können wir nichts tun?«, fragt Simone. Ihre Stimme zittert ein bisschen.

Die Försterin blickt zum Himmel hinauf. »Eine halbe Stunde noch, dann wird es dunkel. Ihr macht euch am besten auf den Weg nach Hause. Und ich nehme meine Rasselbande und den alten Wilhelm und fahre mal die Waldwege hier ab, solange ich noch irgendwelche Spuren erkennen kann. Gebt mir eure Telefonnummer, ich rufe an, wenn ich etwas finden sollte.«

Sie speichert Simones Nummer in ihrem Handy. Dann verabreden sie, dass sie am nächsten Tag noch mal gemeinsam den Wald und die beiden Dörfer in der Umgebung absuchen, wenn Dusty bis dahin immer noch verschwunden ist.

Die Försterin stößt einen gellenden Pfiff aus und zeigt zu Wilhelm hinüber. Die Dackelbande springt begeistert bellend auf die niedrige Ladefläche hinter den beiden Sitzen und wartet darauf, dass es losgeht. Nur Witwe Bolte braucht einen kleinen Schubs von der Försterin, um nach oben zu kommen.

Hoffentlich ruft die Försterin ganz schnell an, denkt Paul. Noch heute Abend! Um zu sagen, dass sie Dusty gefunden hat und dass ihm nichts passiert ist. Dass er nur ein klein bisschen hungrig und verdreckt ist, aber sonst ganz der Alte …

Die Försterin lässt den Motor an und rumpelt davon.

Und Paul fängt an zu weinen. Weil er weiß, dass er sich gerade etwas wünscht, was ziemlich unwahrscheinlich ist.

Die Katze nervt. Sie hockt jetzt schon die ganze Zeit auf dem Dachbalken über ihm. Ab und zu faucht sie und macht einen Buckel. Aber sie haut nicht ab. Sie beobachtet ihn. Selbst in dem Dämmerlicht kann er deutlich ihre schräg gestellten Augen glimmen sehen.

Noch einmal läuft er an den Wänden entlang. Aber es gibt nur die eine Tür nach draußen. Und die ist verschlossen. Ganz hinten an der Wand ist ein Fenster. Aber das Fenster ist zu weit oben. Selbst als er sich auf die Hinterbeine stellt, reicht er mit den Vorderpfoten gerade so an den unteren Rand. Die Scheibe wackelt ein wenig, mehr nicht.

Er hat auch schon versucht, ein loses Brett zur Seite zu drücken, das er in einer Ecke entdeckt hat. Aber der Spalt war nicht groß genug, um sich durchquetschen zu können.

Draußen wird es langsam dunkel. Einmal sieht er einen Lichtschein vor dem Fenster, als ob jemand kontrollieren wollte, ob es auch wirklich verschlossen ist. Er ist sich sicher, dass der Treckermann da draußen rumläuft. Als er bellt, verschwindet das Licht. Aber er kann Schritte hören, die sich entfer-

nen. Und dann eine Tür, die zugeknallt wird. Wahrscheinlich die Tür vom Bauernhaus.

Er ahnt mehr, dass sich die Katze bewegt, als dass er sie wirklich sieht. Dann hört er eine Maus fiepen, ganz hoch und schrill. Danach ist wieder Stille.

Er hat Durst und Hunger. Der Durst ist schlimmer! Er leckt ein bisschen an dem kühlen Eisen von irgendeinem Teil, das zum Trecker gehört. Aber das Eisen schmeckt nach Öl und Schmiere.

Jetzt kommt ein Auto auf den Hof gefahren. Er spitzt die Ohren. Der Motor wird ausgeschaltet. Eine Tür klappt. Gleich danach kommt der Treckermann aus dem Haus und ruft laut über den Hof: »Da sind Sie ja! Ich bin mir ziemlich sicher, dass der Hund irgendwo weggelaufen ist. Oder er ist ausgesetzt worden! Lange kann er noch nicht unterwegs sein, dazu sieht er zu gepflegt aus. Aber er lässt niemanden an sich ran, er scheint schlechte Erfahrungen gemacht zu haben. Ich habe ihn in die Scheune gesperrt, damit er nicht weglaufen kann. Kommen Sie, aber seien Sie besser vorsichtig, er hat vorhin nach mir geschnappt!«

»Ich bin Polizist«, antwortet jetzt eine andere Männerstimme. »Ich habe schon schlimmere Burschen erwischt als einen kläffenden Hund. Lassen Sie mich mal machen. Gut, dass sie bei uns angerufen

haben, ich habe eine Hundebox dabei, da ist er schneller drin, als er ›wuff‹ sagen kann.«

Die Schritte nähern sich der Tür. Als er hört, wie der Riegel zurückgeschoben wird, spannt er die Muskeln an und duckt sich in eine Ecke, um nicht gleich gesehen zu werden.

Die Tür quietscht in den Angeln, gleich darauf flammt eine Neonröhre unter der Decke auf. Das Licht ist so grell, dass er für einen Moment nur die Umrisse der beiden Männer sehen kann, die in der Tür stehen.

Die Katze flüchtet erschreckt über den Balken durch irgendein Loch aufs Dach hinauf, er hört, wie die Ziegel unter ihren Pfoten klappern, als sie davonläuft.

Der Treckermann zieht die Tür hinter sich zu und bleibt abwartend stehen. Der andere Mann kommt langsam auf ihn zu. Seine Augen haben sich jetzt an die grelle Helligkeit gewöhnt, er sieht, wie der Mann in der Uniform ihm die flache Hand mit einem Leckerli hinstreckt, während er beruhigend sagt: »Nun komm schon, mach keinen Ärger. Es ist alles nicht schlimm. Ich bringe dich nur ins Tierheim, wo solche wie du hinkommen …«

Die Stimme klingt tief und brummend, und der Mann bewegt sich so langsam, dass er es wagt, ganz vorsichtig die Schnauze vorzustrecken. Aber dann sieht er, dass der Mann in der anderen Hand eine Leine hält, aus Leder und mit einem ganz komischen Halsband, wie eine Schlinge.

Er weicht knurrend zurück – und der Mann richtet sich auf und folgt ihm. Im selben Moment weiß er, dass er nur eine Chance hat. Er springt vor, ohne lange nachzudenken. Als der Mann zur Seite ausweicht, ist gerade genug Platz, um an ihm vorbeizukommen. Der Mann versucht noch, ihm die Schlinge über den Kopf zu streifen, aber er duckt sich schnell weg und prescht quer durch den Raum auf die Tür zu. Der Bauer hat jetzt einen Besen in der Hand und verstellt ihm den Weg, und er hört, wie der andere Mann dicht hinter ihm ist und ihn packen will. Er stoppt so abrupt, dass der Mann nicht mehr anhalten kann, sondern über ihn stolpert und nach vorne stürzt. Und er nutzt das Durcheinander, um zurück zur hinteren Wand zu rennen. Bis er kurz davor ist und deutlich das dunkle Fenster erkennen kann.

Er drückt sich mit den Hinterpfoten ab und springt. Die Scheibe splittert, Glasscherben klirren neben ihm auf den Boden, als er auf der anderen Seite landet. Eine Scherbe hat ihm die Schnauze aufgerissen. Als er sich mit der Zunge über die Nase leckt, kann er das Blut schmecken. Aber er ist frei! Er rast an der Schafweide vorbei zum Wald, um sich zu verstecken.

10. Kapitel

Als Paul das Telefon klingeln hört, glaubt er im ersten Moment, er wäre immer noch mitten in seinem Traum. In dem er mit Dusty auf der Wiese liegt und sie beide in den Himmel gucken, wo die Wolken vorüberziehen und ein bisschen aussehen wie weiße Schafe. Weshalb Dusty auch gerade gesagt hat: »Mann, gibt es da oben keinen Hütehund, der aufpasst, dass die Blökheinis nicht immer durcheinanderrennen?«

Und Paul wollte ihm gerade erklären, dass niemand die Wolkenschafe hüten kann, noch nicht mal der beste Border Collie! Aber genau da klingelt das Telefon.

»Hä?«, regt sich Dusty auf. »Haben die Fusselköppe jetzt etwa auch noch Handys? Und kann vielleicht mal einer von ihnen rangehen? Das Gebimmel nervt, aber voll!«

Nur Peters Stimme passt dann irgendwie nicht in den Traum.

»Ja«, sagt Peter. »Da sind Sie richtig hier, Simone

ist meine Frau. Aber sie ist noch im Krankenhaus, weil sie Nachtdienst hat. Worum geht es denn, vielleicht kann ich ja helfen?«

Spätestens da ist Paul klar, dass sein Vater bestimmt nicht dabei helfen will, die Wolkenschafe zu hüten. Oder ihre Handys auf lautlos zu stellen, damit Dusty nicht genervt ist. Und als Peter jetzt noch sagt: »Alles klar, wir machen uns sofort auf den Weg«, sitzt Paul auch schon kerzengerade im Bett. Der Wecker auf seinem Schreibtisch zeigt kurz nach acht. Und es ist Samstag, Paul muss also nicht zur Schule und sein Vater nicht zur Arbeit. Aber offensichtlich gibt es irgendetwas anderes, wo sie schnellstens hinmüssen. Er hört schon seinen Vater die Treppe hinaufpoltern.

»Aufstehen, Dusty«, murmelt Paul. »Wir müssen los!«

Erst als er die Bettdecke zurückschlägt und Dustys Schnauze nicht am Fußende auftaucht, wird ihm klar, dass Dusty ja gar nicht da ist. Und dass alles ganz furchtbar ist und er am liebsten wieder unter die Decke kriechen und die Augen zumachen möchte …

»Paul!«, brüllt Peter, während er die Tür aufreißt und den Kopf ins Zimmer streckt. »Wir müssen uns beeilen! Es gibt jemanden, der Dusty gesehen hat, wir wissen also ungefähr, wo er ist. Und wir fahren dahin und suchen ihn!«

Bevor Paul noch irgendetwas sagen kann, ist sein Vater schon wieder verschwunden. Paul hört, wie er Karlotta weckt: »Aufstehen, Kleine! Paul und ich müssen los, um Dusty zu suchen, du bleibst so lange mit Paulchen bei Frau Besenbinder, bis Simone nach Hause kommt.«

Natürlich beschwert sich Karlotta sofort lautstark, weil sie auch mitkommen will, aber Peter lässt sich auf keine Diskussion ein. Auch nicht, als Karlotta damit droht, selber abzuhauen, wenn sie nicht mitdarf: »Ihr werdet es schon sehen, wenn ihr zurückkommt, und ich nicht mehr da bin. Und dann könnt ihr mich lange suchen! Ich nehme nämlich Paulchen mit und verschwinde für immer. Vielleicht nach Afrika oder so.«

»Dann siehst du aber auch Dusty nie wieder«, erinnert Peter seine Tochter. »Und Dusty wäre bestimmt sehr traurig.«

»Okay«, antwortet Karlotta spitzfindig. »Ich warte, bis ihr Dusty habt und haue dann erst ab. Mit Paulchen *und* Dusty! Und mit meinen Kaninchen und meiner Bettdecke und meinem Kopfkissen, das habt ihr dann davon, dass ihr so fies seid!«

Eine Viertelstunde später sitzen Paul und sein Vater im Auto. Sie haben noch nicht mal gefrühstückt, Peter hat nur schnell einen Apfel für jeden eingesteckt, den sie jetzt essen. Aber Paul ist so nervös, dass er kaum einen Bissen runterbringt.

Mit vollem Mund erzählt Peter, was er am Telefon gehört hat: »Das war die Försterin, bei der ihr gestern gewesen seid. Sie sagt, dass sie heute Morgen einen Anruf von der Polizei aus ihrem Dorf bekommen hat. Bei denen hat sich gestern ein Bauer gemeldet, der Dusty gefunden hatte. Ich habe es nicht ganz verstanden, aber der Bauer hat ihn wohl bei sich in die Scheune gesperrt und die Polizei angerufen. Aber Dusty ist ihnen abgehauen! Und heute Morgen hat der Polizist dann die Suchmeldung gesehen und bei der Försterin angerufen, weil Dusty da irgendwo im Wald sein muss.«

»Aber warum …«, setzt Paul an und spuckt vor Empörung ein paar Apfelkrümel aufs Armaturenbrett. Warum hat der Bauer ihn eingesperrt?, will er eigentlich fragen. Aber es ist völlig egal, denkt er gleich darauf, Hauptsache, wir finden Dusty jetzt. Und wir wissen, dass er lebt, das ist erst mal das Wichtigste!

»Wir wissen, dass er lebt«, sagt im gleichen Moment auch sein Vater. »Das ist erst mal das Wichtigste. Wir werden ihn schon finden, Paul. Alles wird gut.«

Die Försterin wartet bereits auf sie, als sie ankommen. Ihre vier Dackel hat sie jetzt an einer Leine mit vier Karabinerhaken. Sie selbst trägt wieder ihre hohen Gummistiefel und die Hose mit den tausend Taschen. Aber diesmal hat sie auch noch ein Gewehr über der Schulter!

Als sie Pauls entsetzten Blick sieht, sagt sie beruhigend: »Keine Panik, Paul. Es ist nur für den Fall, dass …«

Sie zuckt mit den Schultern und beendet den Satz nicht, sondern setzt nur noch hinzu: »Ganz sicher nicht, um auf euren Dusty zu schießen. – Haben Sie das Halsband dabei?«, wendet sie sich dann an Pauls Vater, als wollte sie möglichst schnell das Thema wechseln.

»Klar«, erwidert Peter und gibt ihr ein altes Halsband von Dusty, um das die Försterin am Telefon gebeten hatte.

»Leder«, sagt sie. »Das ist gut. An Leder haftet der Geruch schön lange, da hat meine Bande ordentlich was zu schnuppern.«

Sie will das Halsband später ihren Dackeln zum Riechen geben, damit Max, Moritz, Onkel Fritz und Witwe Bolte Witterung aufnehmen können.

»Wisst ihr, wie die Abdrücke von Hundepfoten aussehen?«, fragt sie jetzt Paul und seinen Vater.

Peter nickt. Paul nimmt einen Stock und ritzt einen Pfotenabdruck in den Waldboden. Ein großer Ballen und vier kleine. Und vorne vier Krallen.

»Sehr gut«, lobt ihn die Försterin. »Ich sage euch jetzt, was wir tun. Passt bitte genau auf.«

Sie glaubt, dass Dusty vom Bauernhof wieder in den Wald gelaufen ist, um sich in der Nacht irgendwo zu verstecken. Und deshalb will sie damit anfangen, als Erstes den Wald abzusuchen.

»Es gibt drei Feuerschneisen im Wald, die parallel zueinander laufen«, erklärt sie. »Ganz sicher hat Dusty irgendwo einen von diesen Streifen überquert. Da sind alle Bäume gerodet worden, damit die Feuerwehr mögliche Waldbrände leichter bekämpfen kann. Jetzt ist da nur noch Sandboden mit ein bisschen Heidekraut, und man kann gut die Spuren von allen Tieren erkennen, die da langgelaufen sind. Wir teilen uns auf, ich nehme die mittlere Schneise und ihr lauft links und rechts von mir. Wenn wir etwas entdecken, verständigen wir uns übers Handy, wir tauschen gleich noch die Nummern aus.«

Und dann hat sie noch etwas Wichtiges nur für Paul! Dass es nämlich rechts von seiner Schneise einen Zaun gibt. Und dass er auf keinen Fall versuchen soll, auf die andere Seite des Zauns zu kommen. Weil das ein Privatgelände ist von irgendwelchen Leuten, denen der Wald dahinter gehört.

»Es gibt ein paar Stellen, da haben sich Füchse oder andere Tiere unter den Zaun durchgegraben«, sagt sie. »Aber Dusty wird da sowieso nicht sein, also bleibst du schön weg von dem Zaun, klar? Immer nur auf der Schneise lang, ganz am Ende kommt dann eine Eisenbahnstrecke, mit einem Fahrweg daneben, da treffen wir uns wieder, falls wir nicht vorher seine Spur gefunden haben.«

Das war vor einer halben Stunde. Und jetzt sieht es plötzlich ganz so aus, als hätte die Försterin sich gewaltig geirrt! Paul hat den Zaun natürlich gleich entdeckt, als er losgelaufen ist. Ein Drahtzaun, der mindestens zwei Meter hoch ist. Und es gab tatsächlich mehrere Stellen, an denen sich der Fuchs einen Tunnel gegraben hat. Paul hat gleich gesehen, dass es ein Fuchs gewesen sein muss, weil er weiß, wie Fuchskacke aussieht. Schwarze Würstchen, die ungefähr so lang und dünn wie sein Zeigefinger sind.

Sonst hat er nur noch Kaninchenspuren entdeckt, die Löcher ihrer Bauten sind überall in dem Sandboden der Feuerschneise. Und es liegt alles voll mit kleinen runden Kaninchenkötteln. Er hat auch ein paar ausgebleichte Knochen gefunden, und sogar einen kleinen Schädel, bei dem noch die winzigen Zähne in den beiden Kieferknochen steckten. Weil die oberen Zähne länger als die andere waren, war klar, dass es die Knochen und der Schädel von einem Kaninchen sein mussten, das sich wahrscheinlich ein Raubvogel geholt hat. Ein paarmal schon hat er nämlich einen Bussard über sich kreisen sehen!

Von Dusty hat er nicht die geringste Spur gefunden. Genauso wenig wie sein Vater oder die Försterin, sie haben eben erst miteinander telefoniert, und beide klangen ziemlich enttäuscht.

Paul glaubt, am Ende der Schneise schon den Bahndamm von der Eisenbahnlinie zu sehen. Und er denkt gerade noch, dass alles umsonst war und sie Dusty nie wiederfinden, als er stolpert und fast stürzt. Weil er einen Moment nicht darauf geachtet hat, wo er hintritt. Und weil der Boden vor ihm so aufgewühlt ist, als ob ihn jemand mit einem Spaten umgegraben hätte. Paul kennt solche Spuren aus dem Wald bei ihnen zu Hause. So sieht es aus, wenn die Wildschweine irgendwo nach Käfern und Würmern gesucht haben. Und er sieht auch die Abdrücke ihrer Hufe in der aufgewühlten Erde.

Aber da ist noch eine andere Spur! Ein großer Ballen und vier kleine. Und vorne vier Krallen. Und die Försterin hat sich geirrt, die Spur führt genau auf den Zaun zu. Von dem an dieser Stelle sowieso nicht mehr viel übrig ist, weil die Wildschweine ihn einfach niedergewalzt haben! Links und rechts stehen noch die Pfosten, aber dazwischen liegt das Drahtgitter auf dem Boden und ist halb unter Morast und Schlamm begraben.

Paul kniet sich hin, um die Spuren genauer zu untersuchen. Die Hufabdrücke der Wildschweine sind überall, und er braucht einen Moment, bis er auch wieder die Ballenspur entdeckt. Wenn er sich nicht irrt, führt sie auf der anderen Seite vom Zaun direkt in den Wald, jedenfalls weisen die tiefen Eindrücke der Krallen in diese Richtung.

Aber irgendwas stimmt nicht. Paul drückt seine Faust neben der Spur in den feuchten Boden, der Abdruck der Pfoten ist fast genauso groß! Das kann nicht sein, denkt er, so groß sind Dustys Pfoten nicht, ganz sicher nicht. Aber vielleicht liegt es auch nur an dem Matsch, dass die Abdrücke größer aussehen, als sie eigentlich sind. Vielleicht ist es doch Dusty, der hier langgelaufen ist …

Paul steigt über den umgestürzten Zaun und folgt der Spur, bis sie sich in dem Moos auf der anderen Seite verliert. Er spürt, wie sein Herz klopft, als müsste jeden Moment etwas passieren.

Vorsichtig schiebt er die tief hängenden Zweige der Tannen auseinander und späht in das Halbdunkel. Aber da ist nichts. Nur Baumstämme und abgebrochene Äste, Farnwedel und Moos und Flechten. Er bückt sich und sucht wieder den Boden ab, kann aber die Spur nicht mehr finden.

Von der Schneise her hört er den Bussard rufen. Zweimal. Dann krächzen irgendwo ein paar Krähen. Nicht hinter ihm, sondern tiefer im Wald. So als hätten sie etwas entdeckt! Wie die Krähen, die manchmal bei ihnen zu Hause in den hohen Birken an der Straße hocken und darauf warten, das ein Auto vielleicht eine Maus platt fährt. Und die sich dann flügelschlagend und aufgeregt krächzend um die Beute streiten.

Paul hält für einen Moment den Atem an. Als er das klägliche Wimmern hört, schlägt ihm sein Herz bis zum Hals hinauf. Das klingt wie ein Baby! Ein Baby, das vor Angst weint. Er schluckt heftig und beißt sich so fest auf die Unterlippe, dass es schmerzt. Dann stürzt er los, ohne sich um die stachligen Tannenzweige zu kümmern, die ihm ins Gesicht peitschen und die Haut zerkratzen. Ein paarmal stolpert er über Wurzeln oder abgebrochene Äste, aber er folgt immer weiter dem aufgeregten Krächzen der Krähen. Bis es so laut wird, dass er schon ganz in der Nähe sein muss. Und da ist auch wieder das Wimmern, leiser jetzt und noch kläglicher als zuvor. Paul sieht, wie nur ein paar Meter weiter die Krähen ärgerlich schimpfend zwischen den Baumstämmen hochfliegen. Das muss es sein! Er reißt die Arme nach oben, um sein Gesicht zu schützen, und drängt sich durch das Gestrüpp vor ihm – und dann hat er plötzlich keinen Boden mehr unter den Füßen und stürzt in die Tiefe. Er hört noch seinen eigenen Schrei, im nächsten Moment schlägt er hart auf dem Boden auf und vor seinen Augen wird alles schwarz.

Er hat die Nacht auf einem alten Anhänger verbracht, der neben dem Maisfeld abgestellt war. Auf dem Anhänger lag eine große Plane, unter der er sich versteckt hat. Aber er hat kaum geschlafen, weil die Wunde an seiner Schnauze so wehtat. Einmal kam ein Fuchs vorbeigeschlichen, er hat ihn riechen können. Genauso wie der Fuchs ihn, er hat gehört, wie er immer wieder witternd die Luft eingezogen hat. Aber der Anhänger war zu hoch für den Fuchs, sonst hätten sie bestimmt Streit miteinander bekommen.

Im Morgengrauen hat er ein paar Rehe gesehen, die aus dem Wald kamen, um zu fressen. Seine Schnauze tat immer noch weh. Und er wollte endlich nach Hause! Aber er musste vorsichtig sein, damit der Bauer ihn nicht wieder in die Scheune sperrt. Auch der andere Mann durfte ihn nicht finden, der mit der Uniform und der Lederleine.

Er ist vom Wagen gesprungen und quer durchs Maisfeld geschlichen, ohne dass ihn jemand entdeckt hat.

Später, als er schon wieder mitten im Wald war, hat er seine Schnauze in das feuchte Farnkraut gedrückt. Das hat ein bisschen geholfen. Und er hat eine Stelle mit Beeren entdeckt, die er vorsichtig von den Zweigen gezupft hat. Die Beeren waren blauschwarz und sauer, und es waren auch nicht genug, um seinen Hunger zu stillen. Eine Weile hat er noch auf einem Kiefernzapfen gekaut, bis das frische Harz ihm das Fell an der Schnauze verklebt hat. Als er das klebrige Zeug mit der Pfote abwischen wollte, hat die Wunde wieder angefangen zu bluten.

Und dann war der Wald zu Ende und vor ihm war ein Schotterweg mit tiefen Schlaglöchern. Dahinter gab es eine steile Böschung, die er hochgeklettert ist.

Im nächsten Moment hat er das schrille Pfeifen gehört und ein Rattern, das immer lauter wurde und näher kam. Hastig ist er zurückgesprungen, aber erst als das Ungetüm schon direkt über ihm vorbeigerast ist, hat er kapiert, dass es nur ein Zug war.

Der Schreck war so groß, dass er immer noch zittert. Er erinnert sich jetzt, dass er selber schon mal mit einem Zug gefahren ist. Er und Paul und Pauls Vater und … Als er an Paul und seine Familie denken muss, wird seine Sehnsucht so stark, dass er leise winselt. Aber das hilft natürlich nichts, das weiß er.

Er überlegt, wie das damals genau war. Sie sind zum Bahnhof gelaufen und dort in den Zug ge-

stiegen. Und auf dem Rückweg von einem anderen Bahnhof wieder in ihre Stadt gefahren. Der andere Bahnhof war viel kleiner, das weiß er noch. Und es gab noch mehr kleine Bahnhöfe, während der Fahrt hat der Zug ein paarmal gehalten, und Paul hat jedes Mal gesagt: »Das ist noch nicht der richtige Bahnhof, Dusty! Aber es dauert nicht mehr lange, dann sind wir da.«

Er muss also nur an den Schienen oben auf der Böschung entlanglaufen, bis er an einen solchen Bahnhof kommt. Und dann auf einen Zug warten, mit dem er nach Hause fahren kann!

Er ist schon wieder fast oben auf der Böschung, als er plötzlich zögert. Unruhig blickt er zurück zu den Bäumen hinter dem Schotterweg. Er weiß selber nicht, warum, aber er hat das Gefühl, dass irgendetwas nicht stimmt. Es ist fast, als würde ihm jemand befehlen, nicht weiterzulaufen, sondern umzukehren, zurück in den Wald. Er spürt, wie sich sein Nackenfell aufstellt. Und er spitzt die Ohren und dreht den Kopf hin und her, aber da ist nichts. Er hebt die Schnauze und zieht die Luft tief in die Nase.

Ein Windstoß trägt ihm eine Witterung zu. Aber der Geruch ist zu schwach, er kann nicht entscheiden, woher er kommt. Und trotzdem, er muss zurück!

Als er die Böschung hinunterspringt, ist er so nervös, dass er anfängt, laut zu hecheln. Er läuft in den Wald, ohne einmal zu zögern, in welche Richtung er muss. Als gäbe es eine unsichtbare Hand, die ihn führt.

11. Kapitel

Als Paul die Augen aufschlägt, weiß er im ersten Moment nicht, was passiert ist. Doch, er ist gefallen, er ist in irgendein Loch gestürzt. Und er muss kurz ohnmächtig gewesen sein!

Vorsichtig versucht er, seine Beine zu bewegen. Und dann die Arme. Seine rechte Hand schmerzt, aber es scheint nichts gebrochen zu sein. Auch sein Hintern tut ihm weh, er ist bei dem Sturz auf einem Stein gelandet, der auf dem Boden lag. Zum Glück war der Stein rund, ohne scharfe Kanten.

Um Paul herum liegen Äste und Zweige, Erdklumpen und große Stücke von Moos. Ganz langsam richtet sich Paul auf. Er ist in einer Grube! Die Wände sind auf allen vier Seiten mit Holzpfosten abgestützt. Und die Pfosten sind so hoch, dass der obere Rand weit über seinem Kopf ist.

Irgendjemand hat mitten im Wald eine Grube gegraben, denkt er. Und sich große Mühe gegeben, die Wände so zu befestigen, dass sie nicht einstürzen können. Sein nächster Gedanke lässt ihn unwillkürlich die Luft anhalten: Die Wände sind auch deshalb so glatt und so hoch, damit niemand nach oben klettern kann. Die Grube ist eine Falle! Und er hat das tiefe Loch nicht gesehen, weil es mit Ästen und Zweigen und Moos abgedeckt war.

Er springt ein paarmal in die Höhe und versucht, mit den Fingern an die Kante zu kommen. Aber er weiß schon vorher, dass es unmöglich ist. Es gibt auch nichts, was er als Leiter benutzen könnte, um nach oben zu klettern. Und die Holzpfosten sind viel zu glatt, es gibt keine Stelle, an der er sich festkrallen und hochziehen könnte.

Paul tastet nach dem Handy in seiner Tasche. Aber er muss es bei dem Sturz verloren haben, es ist weg. Hastig zerrt er den Haufen von Ästen und Zweigen auseinander, irgendwo da drunter muss sein Handy liegen. Im nächsten Moment schreit er vor Schreck laut auf. Da kommt etwas Weißes unter den Blättern zum Vorschein, und das bewegt sich!

Paul springt entsetzt zurück und knallt mit dem Rücken an die Wand hinter ihm. Er greift nach einem dicken Ast, um sich zu verteidigen. Erst als er sich ein Stück vorbeugt, erkennt er vier dünne Beinchen, die vor Angst zittern. Und zwei aufgerissene Augen, die ihn aus dem weißen Fell heraus anstarren. Da liegt ein kleines Schaf vor ihm, ein Lamm!

Jetzt fällt ihm auch wieder das laute Wimmern ein, das er vorhin gehört hat. Das klagenden Stimmchen, wegen dem er einfach losgestürmt ist, ohne darauf zu achten, wo er hintritt. Das war das kleine Schaf, das um Hilfe gerufen hat. Und das vor Panik wahrscheinlich fast gestorben ist, als Paul plötzlich von oben heruntergekracht kam …

Er streckt ganz langsam die Hand aus.

»Hab keine Angst«, flüstert er beruhigend. »Ich tu dir nichts. Alles ist gut.«

Als er dem Lamm einen Finger an die winzige Schnauze hält, fängt es sofort an zu saugen.

»Du hast Hunger und Durst, klar. Aber ich habe keine Milch für dich, tut mir leid …«, flüstert er weiter, während er gleichzeitig fieberhaft überlegt, warum wohl jemand mitten im Wald eine Grube gräbt und ein kleines Schaf darin einsperrt.

Das Lamm rappelt sich hoch und drückt sich auf seinen staksigen Beinen an ihn, immer noch zitternd und mit angstvoll aufgerissenen Augen. Als es seinen Kopf unter Pauls Achselhöhle schiebt, merkt er, wie ihm die Tränen in die Augen schießen. »Ich hol dich hier raus«, verspricht er dem Lämmchen. »Ich rette dich …«

Jetzt sieht er auch sein Handy, es liegt unter einem Erdklumpen ganz in der Ecke! Er will gerade die Hand danach ausstrecken, als ihm einfällt, was die Försterin ihnen erzählt hat. Dass es in den Wäldern irgendwelche Leute gibt, die verbotenerweise einen Wolf jagen, der hier unterwegs sein soll. Und ein Wolf hat die gleichen Pfoten wie ein Hund, denkt Paul. Nur größer! Die Spuren, die er im Schlamm an der Stelle gesehen hat, an der die Wildschweine den Zaun niedergetrampelt hatten. Die Spuren, die ihm gleich viel zu groß vorkamen, um tatsächlich von Dusty sein zu können. Und dieser Zaun, vor dem ihn die Försterin gewarnt hat. Dass er auf keinen Fall auf die andere Seite gehen soll …

Es passt, denkt Paul. Eine Fallgrube und ein lebendiges Schaf als Köder. Um den Wolf anzulocken! Und wenn er jetzt nicht aus Versehen in die Grube gestürzt wäre, dann hätte es den Wolf erwischt. Der hier genauso wenig wieder rausgekommen wäre wie Paul.

Aber der Wolf ist da noch irgendwo. Genauso wie die Typen, die ihn jagen. Und die bestimmt nicht wollen, dass irgendjemand etwas von der Fallgrube erfährt!

Paul schiebt das Schaf beiseite und zieht sein

Handy unter dem Erdklumpen hervor. Aber er hat kaum das gesprungene Display entdeckt, als er sich den Rest schon denken kann. Das Handy ist kaputt! Egal, was er versucht, er lässt sich noch nicht mal mehr einschalten.

Und dann hört er das Rascheln im Laub über sich. Ganz dicht an der Grube knackt ein trockener Zweig. Das Hecheln lässt Paul für einen Moment hoffen. »Dusty?«, ruft er leise nach oben. »Bist du das?«

Als sich die graue Schnauze über die Kante schiebt und Paul die gelben Augen sieht, greift er wieder nach dem abgebrochenen Ast. Obwohl er genau weiß, dass ein morscher Ast ihm nicht helfen wird.

Er untersucht lange die Spuren im Matsch. Bis er sich ganz sicher ist: Der große Graue ist hier irgendwo! Allerdings ist es auch noch nicht lange her, dass die Wildschweine da waren, er muss also vorsichtig sein. Und noch etwas gefällt ihm nicht – er kann Menschen riechen. Die Fußabdrücke sind schon älter, aber wenn er sich nicht sehr täuscht, sind sie von denselben Leuten, die gestern im Wald geschossen haben.

Geduckt läuft er weiter, mit der Nase dicht über dem Boden. Aber er gibt sich kaum Mühe, einer bestimmten Spur zu folgen. Es ist immer noch, als würde ihn irgendetwas in die richtige Richtung führen, ohne dass er etwas dazu tun muss. Und dann stoppt er plötzlich abrupt.

Er wühlt die Nase in den feuchten Boden vor sich, wo zwischen altem Laub und braunen Kiefernnadeln eine Vertiefung zu sehen ist. Der Abdruck ist kleiner als die Stiefelspuren von eben. Und so frisch, dass die Ränder noch ganz deutlich sind.

Noch während er die Witterung aufnimmt, fängt er an, mit der Rute zu wedeln.

Er hebt den Kopf und spitzt die Ohren. Und dann

rennt er los. Immer weiter durch das hohe Farnkraut und über einen umgestürzten Baumstamm, dessen Wurzeln wie Arme in die Luft ragen. Als er für einen Moment den Kopf dreht und zur Seite blickt, sieht er ihn. Er duckt sich auf die Vorderpfoten, um anzuzeigen, dass er nicht näher kommen wird, so lange der große Graue es ihm nicht erlaubt. Und dabei wedelt er wieder mit der Rute.

Aber die Begrüßung ist anders, als er es sich vorgestellt hat. Er versteht nicht, warum der Graue die Lefzen hochzieht und die Zähne zeigt. Erst als er ein jämmerliches Blöken hört, bemerkt er auch das Loch hinter dem Grauen. Gleich darauf bekommt er ganz deutlich den Geruch in die Nase, wegen dem er die ganze Zeit schon so aufgeregt ist.

Als er vorspringt und auf das Loch zustürmt, ist der Graue so verblüfft, dass er ein Stück zur Seite weicht. Jetzt sieht er Paul unten stehen und will zu ihm! Er läuft am Rand der Grube entlang, um eine Stelle zu finden, von der aus er springen kann.

»Nein!«, schreit Paul. »Nicht! Spring nicht hier runter, dann sitzen wir beide in der Falle!« Pauls Stimme überschlägt sich, so voller Angst hat er Paul noch nie gehört. »Hau ab, Dusty! Hol Hilfe! Lauf zu Papa, der ist hier irgendwo. Und hier ist auch ein Wolf, pass auf! Eben war er noch da …«

Er nimmt schnell die Vorderpfoten zurück, unter denen die Kante schon abzubrechen droht. Und bellt eine Antwort für Paul. Erst dann blickt er sich wieder um. Der große Graue steht zwischen den Bäumen und beobachtet ihn. Als sich ihre Augen begegnen, zeigt er wieder die Zähne und knurrt.

Aber jetzt knurrt er zurück. Er knurrt und bellt abwechselnd und springt auf den Vorderpfoten hin und her. Und er bleibt so dicht an der Grube, dass der Graue es verstehen muss: Hau ab, lass den Jungen da unten in Ruhe, er gehört zu mir!

Sie starren sich an, ohne dass einer von ihnen den Blick abwendet. Und als er dabei immer weiterbellt, dreht sich der große Graue plötzlich um und verschwindet zwischen den Bäumen.

Er folgt ihm ein paar Meter. Einmal noch hält der Graue kurz an, für einen Moment scheint es, als würde er zurückkommen wollen, dann senkt er die Rute und läuft weiter in den Wald hinein.

»Dusty!«, hört er Paul hinter sich rufen. »Bist du noch da, Dusty? Hol Hilfe! Such Peter und bring ihn her!«

12. Kapitel

»Ich weiß nicht, wie Dusty das hingekriegt hat«, erzählt Paul gerade ungefähr zum zehnten Mal an diesem Tag. »Aber nachdem er weg war, um Papa zu holen, ist der Wolf wieder zurückgekommen. Er ist immer am Rand der Grube lang, immer um uns rum, ich bin vor Angst fast gestorben! Und das kleine Lamm hat so gezittert, dass ich dachte, es kriegt jeden Moment einen Herzschlag.«

Je mehr Paul redet, umso deutlicher sieht er alles wieder vor sich. Wie er in der Fallgrube gehockt und das Lamm an sich gedrückt hat. Und wie der Wolf immer oben um die Grube herumgeschlichen ist. Ohne zu knurren oder sonst irgendwas zu machen, fast so als würde er nur auf sie aufpassen wollen. Aber das wäre nicht halb so gut für seine Geschichte, deshalb senkt er die Stimme und flüstert: »Und dass Schlimmste war, dass der Wolf sich mit der Zunge über die Schnauze geleckt hat. Jedes Mal wenn er zu mir geguckt hat, hat er sich über die Schnauze geleckt! Als würde er sich schon darauf freuen, mich gleich fressen zu können …«

»Du Armer«, sagt seine Mutter, auch ungefähr zum zehnten Mal, und streicht ihm über die Haare. »Das ist ja furchtbar!«

»Jetzt warte mal«, hakt sein Vater ein. »Wenn ich die Försterin richtig verstanden habe, war der Wolf viel zu schlau, um in die Grube zu springen. Die Falle hätte nur funktioniert, wenn er genau wie du aus Versehen eingebrochen wäre, weil er das Schaf blöken gehört hat. Aber so hat er gewusst, dass es eine Falle war, und dass er da nicht mehr rauskommen würde. Wölfe sind schlau, hat die Försterin gesagt.«

»Ich glaube, es war ganz anders«, muss jetzt natürlich auch Karlotta noch ihren Senf dazugeben. »Der Wolf hat bestimmt kapiert, dass du zu Dusty gehörst. Und als Dusty los ist, um Hilfe zu holen, hat er so lange auf dich und das süße Lamm aufgepasst. Wenn die fiesen Wolfsjäger gekommen wären, um dir was zu tun, hätte er sie totgebissen, wetten?«

»Vielleicht hast du recht«, gibt Paul jetzt zu. Weil es wahrscheinlich stimmt, was Karlotta sagt. Der Wolf hat sich ja auch gar nicht über die Schnauze geleckt. Und die Geschichte ist so schon dramatisch genug, er muss nicht unbedingt noch etwas dazuerfinden!

Schließlich war es alles so aufregend, dass er hinterher sogar Fieber bekommen hat und jetzt im Bett liegt. Ein Glück, dass seine Mutter Ärztin ist. Aber sie hat sich natürlich trotzdem Sorgen gemacht, als Paul die ganze Zeit nur gezittert hat. Und noch nicht mal was essen wollte! Obwohl es Spaghetti mit Salbeiblättern und gerösteten Erdnüssen gab. Aber Paul wollte nur auf dem Fußboden neben Dusty liegen und ihn ganz fest an sich drücken. Als würde er ihn nie wieder loslassen. Und ganz bestimmt nicht wieder irgendwo anbinden, weder vorm Supermarkt noch irgendwo anders.

»Es war alles ein bisschen viel für dich«, hat Simone gesagt. »Du musst sich erst mal ausruhen. Morgen sieht das alles schon wieder ganz anders aus.«

Wobei das mit dem Ausruhen nicht so wirklich geklappt hat. Weil natürlich ALLE ganz genau wissen wollten, was passiert ist. Paul musste zuerst lange mit Alex telefonieren. Und dann mit Anna, die auch angerufen hat. Und auch noch mit Katharina von der Polizei!

Zwischendurch hat immer irgendjemand an seinem Bett gesessen. Und ihm heißen Kakao gebracht. Oder Zwieback mit Butter und bunten Zuckerstreuseln. Und Karlotta wollte ihm unbedingt etwas vorlesen. Er sollte sich aussuchen, ob er »Rotkäppchen und der böse Wolf« oder »Der Wolf und die sieben Geißlein« hören wollte.

Aber Paul wollte lieber, dass sein Vater noch mal genau erzählt, wie es war, als Dusty plötzlich aufgetaucht ist.

»Wir hatten gerade versucht, dich anzurufen«, berichtet Peter. »Aber dein Handy hat nicht funktioniert. Ich bin mit der Försterin und den Dackeln losgerannt, quer durch den Wald, und ich habe mir sonst was vorgestellt, was passiert sein könnte. Und dann kam Dusty! Im ersten Moment habe ich nur die blutverschmierte Schnauze gesehen und gar nicht kapiert, warum er an mir hochgesprungen ist und an meiner Hose gezerrt hat …«

Die Försterin hatte alle Mühe, ihre bellenden Dackel zurückzuhalten, erzählt Peter weiter, und Dusty ist immer wieder ein Stück weggerannt, und hat sich umgeblickt und gebellt, bis sie endlich hinter ihm hergelaufen sind.

Paul erinnert sich auch, dass der Wolf plötzlich verschwunden war. Kurz bevor er Dustys Bellen gehört hat, und dann die aufgeregten Rufe von Peter: »Paul! Wo bist du? Paul!!!«

Dann ging alles so schnell, dass Paul immer noch Mühe hat, nichts durcheinanderzubringen. Wie sein Vater sich auf den Bauch gelegt und vergeblich versucht hat, ihn mit ausgestreckten Armen hochzuziehen. Aber sie haben es noch nicht mal geschafft, sich mit den Fingerspitzen zu berühren!

Die Försterin hat dann zusammen mit Peter einen halben Stamm angeschleppt, von einer umgestürzten Birke, und ihn über die Kante gekippt, sodass er von Paul aus schräg nach oben führte. Sehr steil nach oben, aber die Äste, die noch am Stamm waren, ließen sich wie eine Leiter benutzen. Das Problem war nur das Lamm! Schafe können nun mal nicht klettern, und Paul brauchte beide Hände, um sich von Ast zu Ast nach oben zu hangeln. Schließlich ist Paul auf die Idee gekommen, sein Sweatshirt auszuziehen und als Tragebeutel für das Lamm zu nehmen.

Er hat eine ganze Weile gebraucht, während Dusty winselnd oben an der Kante auf und ab gelaufen ist. Und natürlich haben die Dackel die ganze Zeit gebellt, und Peter hat seinen Kopf gefährlich weit vorgestreckt und immer wieder gerufen: »Du kriegst das schon hin, Junge! Du machst das gut so, perfekt! Ja, genau und jetzt noch die Beine rein. Pass auf, der Kopf pendelt noch hin und her, und jetzt hat es wieder ein Bein rausgestreckt …«

Irgendwann hatte Paul das ängstlich blökende Lamm endlich so eingewickelt, dass er es sich quer über den Rücken hängen konnte. Aber es hat natürlich trotzdem wie wild gezappelt und mit seinen kleinen Hufen geboxt und versucht, ihm die Haare abzukauen.

Das letzte Stück den Stamm hinauf hat er nur geschafft, weil die Försterin ihm ein Stück entgegengeklettert ist und ihn hochgezogen hat. Ihn und das Lämmchen.

Noch bevor sie dann nach Hause gefahren sind, waren sie mit Dusty bei einem Tierarzt, den die Försterin angerufen hat. Der Tierarzt hat Dustys verletzte Pfote gesäubert und verbunden. Und in dem Hautriss an der Schnauze steckte immer noch eine winzige Glasscherbe, die er vorsichtig mit der Pinzette herausgeholt hat. Dann hat er den Riss einfach zusammengetackert, mit einem Klammerhefter!

»Das heilt von ganz alleine«, hat er erklärt. »Und die Klammern ziehen wir nächste Woche wieder raus.«

Danach hat der Tierarzt noch das Lamm untersucht. Aber dem kleinen Ding fehlte gar nichts! Es hatte nur so viel Hunger, dass es schmatzend ein ganzes Fläschchen Milch ausgetrunken hat. Und Paul hat es dabei auf seinen Armen gehalten. So ein Baby!

Auf der Rückfahrt hat sich Paul immer wieder zu Dusty umgedreht und ihn gestreichelt.

»Mit den Heftklammern im Gesicht siehst du ein bisschen aus wie selbst gebastelt«, hat er geflüstert. »Aber das macht nichts, ich liebe dich trotzdem!«

Karlotta hat so was Ähnliches gesagt, als sie zur Tür reinkamen. »Wenn man nichts weiter können muss, als ein bisschen zu tackern, werde ich auch Tierarzt!«

Eine Viertelstunde später waren die Spaghetti fertig. Mit Salbeiblättern aus dem Garten und gerösteten Erdnüssen aus Südamerika. Pauls Lieblingsessen. Aber Paul hatte noch nicht mal die erste Gabel mit Nudeln aufgewickelt, als er plötzlich Schüttelfrost bekommen hat. Und dann Fieber. Er war so schwach, dass er es kaum geschafft hat, die Treppe hochzuwanken und zitternd in sein Bett zu kriechen …

Gerade klingelt schon wieder das Telefon. Paul sieht, wie seine Mutter die Stirn runzelt, während sie zuhört.

»Das kann ich nicht beantworten«, sagt sie. »Da muss ich Paul fragen. Moment bitte!« Sie hält die Sprechmuschel zu und blickt zu Paul. »Das sind Meyers am Telefon. Sie würden gerne ein Geschenk für Dusty vorbeibringen, eine große Packung getrocknete Schweineohren! Und auch was für dich, weil du … so ein lieber kleiner Junge bist, haben sie gesagt. Und weil ihnen das mit Dusty leidtut. Was meinst du dazu?«

Paul überlegt einen Moment. Aber bevor er noch eine Antwort hat, tippt sich Karlotta an die Stirn und sagt: »Bei denen piept's wohl. Nee, von Hundedieben wollen wir keine Schweineohren. Und sie sollen bloß nicht auf die Idee kommen, hier aufzutauchen. Das würde ihnen jedenfalls nicht gut bekommen. Weil der liebe kleine Junge nämlich auch noch eine Schwester hat, und die ist überhaupt nicht lieb!«

»Karlotta hat recht«, sagt Paul. »Und ich will die Leute hier auch nicht sehen.«

Pauls Mutter gibt es nicht ganz so deutlich an Meyers weiter, sondern erklärt: »Es passt gerade schlecht. Und ich denke, das wird sich auch in den nächsten Wochen nicht ändern.« Was wahrscheinlich deutlich genug ist!

Am Abend isst Paul dann doch noch Spaghetti.

Frisch gekochte Spaghetti. Die vom Mittagessen bekommt Dusty. Und in der Nacht träumt Paul davon, dass er Anna unbedingt noch mal einladen muss. Um ihr das ganze Abenteuer haarklein zu erzählen. Aber diesmal wird er nicht versuchen, Alex für den Tag, an dem Anna dann kommt, auszuladen. Schließlich ist Alex seine beste Freundin, das muss auch Anna kapieren. Genauso wie Alex kapieren muss, dass er sich trotzdem freut, wenn Anna ihn besucht.

Gleich am nächsten Morgen ruft er also Anna an. Und sagt nur, dass er ihr eine Menge erzählen muss. Weshalb es gut wäre, wenn sie ihn bald mal wieder besuchen kommt. Mit Alex telefoniert er erst mal noch nicht. Erst mal. Außerdem sieht er Alex ja sowieso in der Schule, da kann er auch gleich so mit ihr reden, um sie einzuladen.

Den Rest des Tages passiert nicht viel. Weil Sonntag ist und die Sonne scheint, sitzen sie eigentlich nur im Garten. Alle zusammen. Und Frau Besenbinder lehnt am Zaun und guckt zu, wie Dusty mit gespitzten Ohren aufpasst, dass Paulchen dem kleinen Lamm nicht aus Versehen wehtut.

Das Lamm stakst auf seinen dünnen Beinchen über die Wiese. Paulchen trottet auf seinen Pfoten, die noch viel zu groß für ihn sind, immer hinter ihm her. Ab und zu gibt Karlotta dem Lamm die Flasche und streichelt das weiche Fell. Und Paul streichelt Dusty und füttert ihn heimlich mit Erdnüssen.

Irgendwann ruft Frau Besenbinder zu ihnen herüber: »Wie soll das Lamm denn nun eigentlich heißen, wenn ihr es behaltet?«

Simone blickt zu Peter. Peter zuckt mit den Schultern und erklärt: »Keine Ahnung.«

Karlotta nickt Paul zu und flüstert: »Sag's ihnen!«

»Wolf!«, ruft Paul zurück. »Das Lamm heißt Wolf!«

»Ein guter Name für ein Schaf«, findet Frau Besenbinder.

»Genau«, sagt Peter. »Das dachten wir uns auch. Irgendwie lustig.«

»Sehr lustig«, meint Simone und verdreht die Augen. Aber sie kichert dabei!

Am Montag steht es dann groß in der Zeitung.

WOLFSJÄGER GEFASST!
Die Forstbeamtin Marie N. hat eine Bande von Jägern überführt, die illegal Jagd auf einen Wolf gemacht haben. Der Anstifter ist ein Bauer, der Angst

um seine Schafherde hat. Allerdings gibt es bislang keine Hinweise, dass schon mal ein Wolf eines seiner Schafe gerissen hätte. »Ich glaube auch gar nicht daran, dass es hier überhaupt einen Wolf gibt«, erklärt Marie N. »Schließlich bin ich jeden Tag im Wald und ich habe noch nicht ein einziges Mal irgendeine Wolfsspur entdeckt. Genauso wenig wie meine Mitarbeiter Max, Moritz, Onkel Fritz und Witwe Bolte.« Auf Nachfrage der Zeitung erklärt sie, dass es sich bei ihren Mitarbeitern um ausgebildete Forstgehilfen handelt, die jede Spur sofort erkennen.

Ein paar Tage später kommt Fabian in der großen Pause zu Paul und Alex. Und erzählt, dass Tom jetzt ebenfalls nachmittags im Supermarkt arbeitet. Zusammen mit Fabian im Lager. Und dass der Filialleiter gesagt hat: »Gute Leute kann ich immer gebrauchen.«

Am selben Nachmittag sehen Alex und Paul übrigens den Eierpeller-Polizisten am Regal mit den Eierkartons. Wie er die Kartons lange anstarrt, als würde er noch überlegen, wie viele er in seinen Einkaufswagen packen soll. Aber dann kauft er keinen einzigen! Karlotta meint dann später allerdings, dass sie nicht glaubt, dass er plötzlich keine

Eier mehr mag. »Der ist nur woanders hingegangen, wo die Eier noch billiger sind, wetten?«

Paul ist es völlig egal. Er hat nämlich vorhin Alex noch zu einem Picknick im Wald eingeladen. Alex und er, nur sie beide. Und Dusty und Bella natürlich. Vielleicht auch noch Paulchen und Karlotta, das weiß er noch nicht.

Na ja, und es kommt auf jeden Fall noch ein Überraschungsgast, von dem nur Paul etwas weiß. Aber hart gekochte Eier wird es ganz bestimmt nicht geben.

ENDE

Weitere Titel in dieser Reihe:

Dusty – Freunde fürs Leben – ISBN 978-3-570-17139-4
Dusty in Gefahr – ISBN 978-3-570-17339-8
Dusty – Komm nach Hause! – ISBN 978-3-570-17414-2
Dusty und das Winterwunder – ISBN 978-3-570-17556-9
Dusty – Gefährliche Ferien – ISBN 978-3-570-17742-6
Dusty ist der Beste – ISBN 978-3-570-17748-8

Bei diesem Buch wurden die durch das verwendete Material und die Produktion entstandenen CO_2-Emissionen ausgeglichen, indem der cbj Verlag ein Projekt zur Aufforstung in Brasilien unterstützt.
Weitere Informationen zu dem Projekt unter:
www.ClimatePartner.com/14044-1912-1001

FSC
www.fsc.org
MIX
Papier aus verantwortungsvollen Quellen
FSC® C014496

Penguin Random House Verlagsgruppe
FSC® N001967

Wir produzieren
Klimaneutral
ClimatePartner.com/14044-1912-1001
Druckprodukt

1. Auflage 2021

Umschlagbild: Bente Schlick, www.benteschlick.com
Umschlagfertigstellung: init Kommunikationsdesign, Bad Oeynhausen
ck · Herstellung: EM
Satz: KompetenzCenter, Mönchengladbach
Druck: GGP Media GmbH, Pößneck
ISBN 978-3-570-17867-6
Printed in Germany

www.cbj-verlag.de
Dieses Buch ist auch als E-Book erhältlich.

Jan Andersen ist ein Pseudonym des Autors Wolfram Hänel. Er lebt in Norddeutschland und hat über hundert Geschichten und Romane geschrieben, die insgesamt in dreißig Sprachen übersetzt worden sind. Schon als Junge hat er am liebsten Hundebücher gelesen – und natürlich hat er selber auch immer Hunde gehabt, immer Border Collies! Er ist sich sicher, dass irgendwann der Tag kommt, an dem er mit seinem Border Collie zusammen am Tisch sitzt und der Hund plötzlich anfängt zu reden …

Mehr über Wolfram Hänel und seine Bücher:
www.haenel-buecher.weebly.com

Jan Andersen

Dusty – Freunde fürs Leben

208 Seiten, ISBN 978-3-570-17139-4

Als Paul eines Tages allein unterwegs ist, lauert ihm eine Bande auf. Sie wollen sein Geld, und Paul weiß: Gegen die hat er keine Chance. Doch da taucht plötzlich dieser völlig verwilderte Hund auf – und schlägt die fünf Typen in die Flucht. Von dieser Minute an weicht der Hund dem Jungen nicht mehr von der Seite. Paul spürt genau, dass Dusty auf der Suche ist. Aber wonach? Und warum nennen ihn die Leute den „Killerhund“? Schritt für Schritt kommt Paul einem schrecklichen Geheimnis auf die Spur. Er ist sicher, dass Dusty unschuldig ist. Aber kann er es beweisen?

10303

www.cbj-verlag.de

Jan Andersen

Dusty

Paul und sein Border Collie Dusty sind unzertrennlich!

Zwei Freunde, ein starkes Team –
und jede Menge spannende Abenteuer

Dusty
in Gefahr
Band 2, 208 Seiten,
ISBN 978-3-570-17339-8

Dusty –
Komm nach Hause!
Band 3, 192 Seiten,
ISBN 978-3-570-17414-2

Dusty
und das Winterwunder!
Band 4, 160 Seiten,
ISBN 978-3-570-17556-9

10396_3

cbj

www.cbj-verlag.de

Jan Andersen

Dusty – Gefährliche Ferien

192 Seiten, ISBN 978-3-570-17742-6

Ferien am Meer! Dusty ist der glücklichste Hund der Welt, wenn er mit Paul und Alex stundenlang am Strand herumtollen kann. Paul will unbedingt eine Flaschenpost finden! Doch als die drei eines Tages einen Fischkutter bemerken, der dicht an der Brandung etwas über Bord wirft, ist ihnen klar: Hier geht es um mehr als eine harmlose Flaschenpost. Als dann ein Polizist am Strand auftaucht und den Flutsaum absucht, reißt Dusty sich plötzlich los und treibt den Mann mit seinem wütenden Gebell in die Flucht. Paul kennt seinen Hund gut genug, um zu ahnen, dass das kein Spiel war. Sein Detektivsinn springt an. Am Ende ist die idyllische Insel gar nicht so friedlich, wie sie scheint?

10437

cbj

www.cbj-verlag.de